镶嵌在河山的

脚印

王晓明 著

中国华侨出版社
·北京·

图书在版编目（CIP）数据

镶嵌在河山的脚印 / 王晓明著 . -- 北京 : 中国华侨出版社 , 2021.5

ISBN 978-7-5113-8124-8

Ⅰ . ①镶… Ⅱ . ①王… Ⅲ . ①诗集 — 中国 — 当代 Ⅳ . ① I227

中国版本图书馆 CIP 数据核字 (2021) 第 062181 号

● **镶嵌在河山的脚印**

著　　者 / 王晓明

责任编辑 / 姜薇薇

封面设计 / 东莞拓世文化传媒

经　　销 / 新华书店

开　　本 /787 毫米 × 1092 毫米　　1/16　　印张 /19.5　　字数 /270 千字

印　　刷 / 河北文盛印刷有限公司

版　　次 /2021 年 5 月第 1 版　　2021 年 5 月第 1 次印刷

书　　号 /ISBN 978-7-5113-8124-8

定　　价 /68.00 元

中国华侨出版社　　北京市朝阳区西坝河东里 77 号楼底商 5 号　　邮编：100028

法律顾问：陈鹰律师事务所

发行部：（010）64443051　　传　真：（010）64439708

网　　址：www.oveaschin.com　　E-mail：oveaschin@sina.com

如发现印装质量问题，影响阅读，请与印刷厂联系调换。

谨以此书

献礼——中国共产党建党 100 周年
庆祝——中华人民共和国成立 72 周年
　　　　中国人民解放军建军 94 周年
纪念——中国组建第一支"蓝盔"部队 29 周年
献给——同甘共苦、生死与共的全体战友，以及
　　　　热爱这片土地的人们

我还站着，纪念远去的；
我还醒着，告慰沉默的；
我以草木之心，深情贴近这片土地，
匍匐在漫长的边防线上，
收集那些温暖而闪光的脚印

———作者手记

爬冰卧雪的人啊

徒手志记军旗

下的承诺

录淮川剑诗句 峭岩

　　峭岩，著名军旅诗人，知名作家，享受政府特殊津贴。原解放军画报社、解放军出版社副社长，解放军艺术学院文学系主任、政委。

在诗歌里拥抱世界

2021 年是中国共产党建党 100 周年，是中国人民解放军建军 94 周年，也是中国组建第一支"蓝盔"部队 29 周年，迄今已派出维和官兵 4 万余人次参加了 26 项维和行动。他们绝大多数勤于实务、不善言辞，只把足迹、记忆甚至生命留在大地上，只有极少数钟情思想与艺术的幸运儿，将独特见闻、感想生动而深刻地诉诸文字，为国内读者带来了来自远方关于这个美丽而苦难的蓝色星球上弥足珍贵的真实记录。王晓明，眼前这部诗集《镶嵌在河山的脚印》的作者，一位曾两次参加联合国维和行动并荣获和平勋章、荣立一等功的中国军人，正是其中一位杰出的代表。

难能可贵的是，王晓明在 27 载军旅生涯里坚持以诗歌咏志传情，朴实而浓郁、豪迈而温厚、生动而全面地写出了军人在不同生命阶段和境况下的情感与思想。他的创作立足于生命真实和文学自主，突破了"战歌""颂歌"的既定框架，努力强化诗的意蕴，以极富画面感的描绘、个体化的视角、深沉朴实的抒情，既淋漓尽致地记录下与众不同、波澜多姿的英雄生涯，更传递了珍惜和平、热爱祖国的大众情怀。王晓明最为人熟悉的作品，应当是他根据参与海地维和行动的切身经验所创作的《危岛，血色的黎明》，以其无可替代的现场感和深刻性，令人战栗地写出"战争与和平""生存与毁灭"的普遍命题。"炮声过后的黎明，如此沉寂 / 短暂的平静，静得让人紧张心悸 / 坍塌、残垣、血和无名尸首"，如同优秀的战争或科幻大片，并没有呈现炮火轰隆的群战场景，而是在令人屏息静气的宁静或独白中、以一段特写或黑白镜头揭幕，诗歌开端也正是从短暂而丰富的空白处加以展开，诗人本人和读者从既有情绪陡然卷入悲剧旋涡，眼前景象带来了心灵的突兀、震撼、冲击和无言，如临但丁的地狱之门。"刻入这城池的心脏，留下痕迹盛产阳光的岛国，晨雾弥漫，朝阳睡了/四季如春的城市，突显凋零，春天走了/凄风残戟，冷风断剑，悲伤的/弥漫的硝烟，让微笑逃离了这片土地"，诗句如同长镜头将读者视野推向更宽旷的战乱场景，也沿着心灵地狱缓步下行。战争相较于天灾，更具有死亡与苦难的悲剧意味，诗歌迫使我们从个体生命的肉体消亡，家园和土地的焚毁凋敝，正视人性和社会的"至暗时刻"。"眺望高楼，在舒展着被压抑的身体/没有总统的总统府，伫立在风中/没有军队的国度，却遍地万国旗/加勒比海的春天被战争谋杀/罪恶埋葬了无数善良、纯真和人心/被硝烟熏红的眼睛，让红尘停顿/停顿在这血腥而咸涩的空气里"，亲历和见闻如洪荒猛兽涌入诗人的头脑，诗歌也从死寂冰冷的恐怖，慢慢转变为沸腾熔炉，显现出升华与沉沦、善良与丑恶的搏击较量，王晓明从眼前惨况，转向深挖背后的政治之基、历史之源，从而呈现个别国家、事件所反映的普遍性社会问题和政治阴暗面，有待对人性的自省和拷问。而随着诗人的行走、追忆和思辨，精神进一步跨越万里汪洋，联系到中华民族一个世纪前的苦难深重，"挂满悲伤的高楼，在空中摇晃/满身伤痕的街道，痛苦地呻吟/不知怎么的，我突然想起/走在那个世纪军阀混战的日子里/泪流满面的母亲，长城脚下哭泣/我下意识握紧手中的枪，感觉/双肩扛起的肩章那么沉重/我低头，久久注视胸前的国旗"，诗歌也实现了从潜于九渊到怀抱世间的升华。真正有信仰的诗歌，越是直面人类社会的死亡、灾难，越是致力于激发起自我的求生本能、民族的自强意识，这首作品做到了以力透纸背的主体意识，以慈悲和坚强的精神抚慰伤痛、超越苦难，从而闪耀出绚丽的人类尊严的诗性之光。

王晓明和其他无数当代军人一样，生命中最主要的时光是在祖国大江南北的守家卫国中度过的。因此，他的诗歌更多的是抒写和平环境里家与国、爱与诚的融合，通过向军嫂、教官、边防官兵乃至对祖国的致敬和对话，表达着军人特有的国家民族的历史使命和崇高责任。诗歌是诗人用生命个体去体验生活、见证历史，光有"国破山河在，城春草木深"大背景不够，必须有"感时花溅泪，恨别鸟惊心"的细节感受方能传世。家国同源，王晓明也正是从军人及其亲友的日常生活、具体场景中发掘出真挚感人的生命光彩。他在《军人的妻子》中想象着"夜深天冷，风起的时候／就独自唱着儿歌／只有思念和孩子的鼾声／穿透夜色，在天空飞翔／是你的那份柔情"；在教师节来临之际以《绿叶的守望》致敬警校教官；又以《站在祖国年轮的转盘上》致敬边防官兵，诗中所言"2.2万公里陆地边境线上／那些坚守的背影，引颈而望／把军靴烙下的脚印，逐一叠加／丈量山河的深情和眷恋／1.8万公里的海岸线，面朝大海／我们温一壶月色，畅饮风霜／把乡愁包裹，守在春韵的窗口／目送春天的帆船驶向远方"。通过陆疆与海疆，脚印与面孔，背影与远帆，鲜明生动的意象组合及对比，容纳了非常丰富的人物形象和生活事迹，激发起读者不可抑制的情感奔涌。而他和祖国的心灵对话，也往往在宽广舒缓的气氛中开展，"雨夜，你是我灿烂的黎明／冬季，你是我御寒的棉大衣／看似遥远却又很近／看似模糊，却又很清晰／我的快乐，就是仰望星空／静静的，静静的想你"（《祖国记忆》）；"默念着，我站在珠江岸边／躬身，与红棉对话／这般虔诚，这般深情／把石碑上的名字逐一喊醒／镶嵌在那传承的脚印里／让它发芽，让它开花"（《躬身，与红棉对话》）。相比起刚猛嘹亮的大合唱、整齐划一的阅兵仪式，我们往往更需要耐心品味娓娓道来的信念与情怀，诗句的坚韧质地和纤细纹理，相得益彰，个体生命、家国情怀和民族精神在此汇流，真实、温暖而持久地贯穿躯体与心灵的经脉。

更为难得的是，王晓明的诗歌拥有着鲜明的主体形象和历史意识，通过一批自传色彩浓厚的作品，鲜明呈现了对生命的回眸与展望，高度融合了现实与理想的价值统一。《淮川之剑》高度浓缩了浏阳河、麻栗坡、湄公河畔、马兰沙漠等几个重要的生活场景，塑造了一位沐浴南风北雪、穿越东西风雨的军人的基本形象。而在组诗《又见老山兰花开》，特别是其中一首《望归途，告白兰州》，他进一步通过青春与中年、来时与归去的强烈对比，在山河壮阔、时光荏苒的辽阔背景中浓墨重彩地刻画了自己热烈、丰富而奔跃不息的内心世界，生动而深刻地实现了对主体形象和个人命运的观察与揭示。如果将上述两首作品的艺术图景分别比拟作军事电影的精准剪辑的片花和单元短剧，那么，他的《卸下盔甲，还在路上》可谓是一出荡气回肠的史诗长片。"界河之上，硝烟熏染的天空／岸边炮声隆隆，在心中／我省略了许多漂浮的事物／……像候鸟沐浴南风北雪／以鹰的姿势穿越东西风雨／斗转星移，畅饮风霜／归来时，满身星辰／就把风雨中收获的坚强／尽心放大，取景入框"，诗歌前一部分追忆多年前的服役作战，随着诗人的第一视角和心灵对白，充分表现了青春激情、无畏担当和英雄梦想。诗歌后一部分回顾转业后的当下，"卸下盔甲，仍在奔跑的路上／以另一种姿势匍匐在盾牌中央／细心擦拭每一个匆忙的日子……／初心犹在，伫立风中／穿行在无垠的旷野／于无声处守望／我仰视挂满星辰的天空／寂静遥远，却格外灿烂／让它存放在驰骋的岁月里／触动远方的空旷"。

作者通过时空的巨大跨度、场景的多重叠加、心理的汇流交融，浑然一体地把自己置于天空、大地、家国、人生的四重融合中，以激情洋溢又富于思辨的叙述，将多年军旅生涯的无数经验，高度浓缩并升华为同时代军人兄弟的集体记忆，为数以千万计的栉风沐雨、戍边守疆的服役中和已退伍的中国军人留下一幅逼真感人的心灵长卷。因此，这部诗集，不仅是军人特殊职业、特殊群体的精彩呈现，也生动诠释了一个平凡人承载着历史与文化赋予的使命，在辽阔而坎坷的人世间奋勇前进，创造着属于自己、无怨无悔的精彩生命。进一步说，王晓明的军旅生涯和诗歌作品，不只代表着当代无数奔驰于边塞僻土的中国军人，也应能唤起当代亿万打工族、北漂南漂族、城市新移民等有着相似经历的群体的共鸣；甚至，跟数千年来神州大地和丝绸之路上无数的军伍、旅行家、使节、商人、工匠等，有着本质的相似性。

人类历史长河里的旅行者、漂泊者，都难以长久驻留故乡、陪伴小"家"庭，自觉或不自觉地在天圆地方的更为广袤的世界之"家"里追逐，守护着、传递着人类文明的温暖和光明。战争，贯穿整部人类文明史，并且鲜明体现在从荷马史诗到《战争与和平》《静静的顿河》《西线无战事》的整部世界文学史。甚至，我们从当代科学家、人类学家观察到野外黑猩猩有计划猎杀其他种群同类的事实，增加了对人类暴力的生物学、社会学根源的认知。所幸的是，正如美国学者平克在畅销书《人性中的善良天使》所言，现代社会由于人类的理性和共情，呈现暴力消减的整体态势，"和平与发展"日益成为全球民众共识和绝大多数政权的努力方向。中华民族自古热爱和平，但从《诗经》里封疆裂土，唐诗宋词里边塞兵戎直到百年新诗里救亡图存、抗击外侮的无数精彩篇章，也客观说明了"以武止战"哲学的必要性。西方人往往在好莱坞大片里潜移默化地塑造并宣传着自己的职业军人和国家形象，我们如今要实现民族伟大复兴，建设"世界一流军队"，讲好中国故事、讲好中国军人故事是其中不可或缺的软实力。当代军旅诗歌，除了秉承爱国主义、英雄主义、理想主义的内在品质，发扬雄浑、崇高、壮丽的美学品格，更需要眺望未来，超越血与火的经典博弈，以中国语言、中国气魄写出能与全人类相通的普遍价值观和基本情感，从而折射出在每一位威武而文明的中国军人身后，矗立着无数个自强不息、厚德载物的中国人。

王晓明的诗歌作品，正是体现了这份可贵的尝试。他向我们诠释了军旅诗歌，战争是注脚，和平是正文，军是定语，人是主语，诗歌是形式，生命是内容，文学与心经殊途同归，释放生命内蕴潜能，写尽人世间所有值得执着与捍卫的美好事物。通过它们，我们真切感受到，一位重情守义、刚柔并济的当代中国男子汉、以质朴之心守护着家国和世界的和平。在他以生命行旅为纸笺、以思想灵魂为笔墨的诗歌作品里，刻骨铭心地抒发了对生命的敬畏，温暖、坚定而深沉地拥抱着整个世界。

2021 年 1 月

（杨克，著名诗人、一级作家。现为中国作家协会主席团委员，中国诗歌学会会长，广东外语外贸大学创意写作中心主任、云山讲座教授。北京大学诗歌研究院研究员。）

生命镜像中的诗意想象

——王晓明及其诗歌印象

梦有重量，自带光芒。从王晓明的诗歌中，我们可以感受到诗意和心灵的碰撞，每一次回眸的眼神都是温暖的眷恋，洒满阳光；每一双重叠的脚印都是跋涉的承诺，带你领略远方。

我们通常讲，生活的边界就是文学的边界，生命的深度才能体现诗歌的深度，诗歌也就成为深刻而真实的抒情载体。王晓明的诗歌具有高度的写实性，他从军旅生涯的生命体验中吸取题材资源，其中以海外维和经历为意象是其诗歌叙事的一个重要视点。他创作的动因和诗歌中的意象源于事实，他一如既往地关切"生命体验"，无论是在灾情中逆行的女警、警院教官、军人的妻子，还是雪山上的界碑、边防官兵，海外维和蓝盔先遣队，他都能发现生命的尊严和生命中的美，"生命诗学"在他的诗歌创作中得到了完好的阐释和体现，表现出他作为一名军人、一名警官植根于生命个体而又能够心系家国、关怀人类的广阔性诗学情怀，不管是老山兰花，还是珠江岸边的木棉花，都能引发他在巨大的历史时空中展开宏阔的抒情和深邃的历史思考。

他的诗歌进入我们通过语言都可以接近并感知其叙事背景的域度，这正好印证显示文学创作与生活经历体验是多么的正相关。在他的诗作中，诗人经常以经历者和承受者的双重身份展开叙述。正如诗人自己在《又见老山兰花开》中所说"老山的兰花又开了 / 中年男人的神情肃穆 / 他在给每一朵花 / 寻找对应的名字"军旅记忆以诗歌的方式来纪念，这种形式感多少令我惊异和感动。他诗歌文本中多次清晰可辨地借用"花"这一意象载体，而让我刮目相看的是这样一首诗："一年一度的花开啊／那就是朵朵燃烧的焰火／把忠诚和守望，雕塑成美丽的／星星和月亮，挂满天空"，那纯熟的记忆场景和较高的艺术控制力与现实相互转化的抒情手法，使诗的象征性得到最充分最完美的绽放。至于那首《卸下盔甲，还在路上》，是关于维和的诗化叙事，字里行间宣示着雄健和硬朗，更是令我有一种诵读的快感和全身心的激动，文本中意象的奇特、语言的修炼和艺术表现都达到了较为理想的叙事抒情效果。其充沛的气势、开阔的想象力和各种隐喻的转换吸引了我，那种时间和生命的力量感也深深地触动人心，"根植于这片土地的热忱／注满血色的河流／像候鸟沐浴南风北雪／以鹰的姿势穿越东西风雨／斗转星移，畅饮风霜"。诗中穿插着各种元素和意象，气象充沛，笔力老到，它是颂歌，也是宣言，是自我个体性格及人格精神的写照，是内心隐秘的精神风暴的释放，也是辉煌人生的佐证与见证。面对这样的诗作，我们作为读者要做的，是竭尽所能去领悟和感受那难以形容的生命体验风景之中。诗歌中的"路上"，我认为是一个记忆时空张开的容器的一个隐喻，界河、盔甲的光环和弹痕、旅途驿站、许多漂浮的事物等，都成为一份特殊情感存在敞开的容器。诗歌结尾部分更是把益然诗意推向一个耐人寻思的境地，我们读到的不仅是岁月的回响，也是经验记忆中纪念的回声。

王晓明是一个"为了信念和属于信念"的诗人，这体现在他那充满忠诚信念的系列诗行中，体现在他语言文字背后的价值判断中，因而总体观之，他的诗体和韵律始终保持着一种军人式的语录抒情样式。或许，军旅生涯中的每一次行动和场景都会给他带来莫大的触动与感动，他唯一能做的就是凭借诗歌来表达他内心那份隐秘而神秘的感受。其实，纵观王晓明的诗歌整体，他的诗不仅表现他作为一名诗人的"军人情结"，也令人感佩他诗歌的格局境界和预示到他诗歌的未来。譬如他对时间、祖国、山河、土地、和平、忠诚、信仰等宏大问题的关注，就有一种明显的军人式的思维定式。部分诗作喻示着人类和平所遭受的某些威胁，而他的经验为这种威胁提供了颇有见地的看法和思考。写作是一件颇费思量的事情，我甚至会想，王晓明身上似乎有一股与生俱来的军人情结与诗人气质，可以说他在成为一名军人的时刻，他或许已经是一个正在成长的潜在诗人了，这使他在军旅中很容易发现生活与诗共同的兴趣和主题，严格地说，这不是诗歌与文学对王晓明的吸引、发现和影响，而是王晓明的自身境遇便孕育着丰富的诗意情感、元素和资源。这样，我们便不难发现，王晓明的诗学美学主要来自他对生活本身和身份认同的自觉思考，人生普世价值中主旋律正能量的祈盼倡导贯穿于他整体诗歌之中。同时，他的诗歌和诗学观念中强调主张人类正义与文明和谐的多元交融，以及对人类命运共同体意识的积极倡导，也加持增添了他诗歌中的思想厚度与人文力量。他的诗歌对于时代社会的导向意义，将越来越显示出它的重要价值。

　　当下诗歌的现实关怀愈益突出，呈现的是时间之诗和社会之诗的复杂糅合。王晓明诗歌的意象来自生命经历中的独特风景，比如界碑、山河、海岸线、向日葵、迷彩服、盾牌、轻骑、风霜、黄沙、高原、和平鸽等，他笔下的诗句似乎如数家珍地就能自由地呈现这些凌厉的事物和让人深感亲切的意象。我相信，这些意象在呈现其诗作灵感开阔气象的同时，也展现了文学给他带来的无可言说的慰藉。他的诗歌有着非常鲜明的身份标识，于是，有人解读说王晓明的诗作始终暗示着一种职业式的写作，我想这也许出自诗人内心尊重真实人生的感召，表现出他经验个体中内涵不同的文化诗学。或许，后来随着人生职业的转变，警营的主题书写逐渐取代了军旅征途的参照和表现。他现今引人注目的教师和警察的双重身份和形象，在一定程度上补充完善了他原有的创作思想和诗学观念，体现了他对当下诗歌创作与生命实践的新体验新期待，也影响和丰富了他诗歌的面貌。他的诗风既有柳的柔情也有松的风骨，崇高高亢的行吟诗人般咏唱混搭沉思舒缓式节奏低吟，这应该是一种历经风霜的生命安顿歇息之后发出的自然而然的意义感悟。必须指出的是，王晓明的诗歌中基于生命体验有感而发的抒情成分，是中国诗歌坚实的组成部分，蕴藏着无限的创造性与诗歌的道义性，值得我们致敬。

王晓明的创作动因源于事实。他诗歌中最深刻的标志，是意象真实性与诗意想象达成的互动性书写，而这也标志着诗人自己的诗歌风格。在创作中，王晓明并没有过于简单地将题材安顿于某一族群、地域或派系，而是不断地寻找抒情主体和变换对象，这使诗人的诗作日渐丰满和多元，内涵不断获得新的深度与向度。诗歌中折射出他朴实的人生观、价值观和审美观，他所奉行的往往就是他内心所坚守的，也是他真正以文字竭力捍卫的，这是一种难能可贵的精神文化美学。尽管诗人抑或意识到，以诗歌的方式向这个时代表达时候，会显得多么理想主义，同时又是那么虚幻而悲壮。用文学的语境来考量，写作的初衷通常被理解为是通向诉说之路和对话之路，不过从普遍的意义上看，这种对话也象征着诉说的艰难、思想的艰难以及通向语言之途理解的艰难。多年之后，王晓明再度想起自己的戎马生涯，即便不需要通过记忆来还原现场，仍然有那么多情景在穿越记忆，人生征途趋于稳定，他拒绝聒噪与喧嚣，沉潜下来，他唯一能做的，就是凭借亲爱的文字来抚慰和开启自己内心诗歌之旅，为自己的人生留下一份值得珍藏的文字备份和见证。这样理解，王晓明也就深知自己诗歌创作的价值和位置，这往往是一个诗人自我架设的思想史和精神史的一个坐标，也是连接过去与现在的重要媒介。

在王晓明的个体诗学中，虽然意象及其修辞语言无比宏大，他对诗歌的主体性思考却显示出令人认可的读解。王晓明诗歌创作中所贯穿的表里如一的诗性敏感、独特的哲学隐喻及其语言表述方式，作为个案与现象值得探讨。德国诗人保罗·策兰所倡导的，"诗歌是源始的语言，即处于发生状态的语言"，要回到这种"源始语言"中，回到存在的未言状况中。诗评家沈奇在《新诗：一个伟大而粗糙的发明——新诗百年反思谈片》中认为，"百年中国新诗，要说有问题，最大的问题就在于丢失了汉字与汉诗语言的某些根本特性，造成有意义而少意味、有诗形而乏诗性的缺憾，读来读去，比之古典诗歌，总缺少了那么一点什么味道，难以与民族心性通合"。海德格尔在《语词如花》中曾巧妙地指出"诗人让语言说出自己"，"但语言何时作为语言说出它自己呢？非常奇怪，我们就是不能为某种涉及我们、牵扯我们、逼迫和怂恿我们的事物找到恰当的语辞。那时，我们把此事存于心中，不说出来，也不予深究，如此，我们便经受到这一种体验：语言本身已经以其本质的存在隐隐约约又倏忽闪现地触动了我们。"但是，如果问题是要把某种从未被说出的东西诉诸语言，那么一切就将取决于语言是给出了抑或收回了恰当的言辞。诗人面临的就是这样的事情。王晓明的诗歌展现了他不同时期人生经历的现场镜像，是生活语言的凝结和生命感悟的喷发。那些早年时期就在内心深处竭力想争取表达的感觉，伴随着岁月过滤沉静愈来愈想诉说表达，这直接激发了王晓明诗歌创作的灵感，引发了他创作中的诸多思考。的确，这些思想情感的支撑参与任凭时空变化都能使其诗歌保持纯洁性。总之，现实生活的种种境遇影响已渐渐渗透在王晓明的诗歌创作和思想活动之中，思考和文本在他的诗歌语言里同出一源，这显然是一种源自内心的正确的文学创作之境。

王晓明的故乡湖南浏阳自古以来文风鼎盛，人文荟萃。1898 年参加领导戊戌变法失败，身陷囹圄的浏阳人谭嗣同，在狱中写下那篇千古传颂的《狱中题壁》诗句："望门投止思张俭，忍死须臾待杜根。我自横刀向天笑，去留肝胆两昆仑。" 1962 年，同为浏阳人的欧阳予倩逝世，郭沫若为他写了一副挽联："秋雨黄花一窗秋雨，春风杨柳万户春风。"沿袭这一人文传统，浏阳人王晓明肩上扛责任，笔下有乾坤，他的诗歌一直捍卫着他对家国的认识与思考，是一位对时代、社会和现实有担当的诗人，其诗歌写国事家事，写大地河山都是铁肩担当，满是忠诚，满是希冀，粗看细看都是正能量满满。

随着互联网的普及和传播手段的多样化，我们获取的信息是相似的，经验记忆是公共性的，一个人具体可感的体验阅历似乎变得平面单一，经验本身也在贬值。很多诗人依然在依赖个人这些贫瘠的经验推进写作，陷入写作的复述和追随，这是当下诗人值得警惕和思考的问题。在此语境下，对于文学灵性和基本感悟力的窒息，以及低水平的重复模仿和缺乏有效问题意识的抒情空转，衍生出一批言不及物、无病呻吟的垃圾文字。现代诗歌表达困境的一个征兆，在很大程度上正是诗情内容的空洞化、私语化和碎片化。而这，也是王晓明诗歌创作中竭力想回避的。他的诗歌依然不落窠臼，字里行间大处着墨大张声势，表情达意大义凛然大气磅礴，读来痛快淋漓，彰显文学初心。诗歌文本虽不多产，却显其辨识度。他的诗学抱负相当宏大，也相当值得我们期待。

胡磊

2021 年 1 月

（胡磊，中国作家协会会员，广东省作家协会理事，东莞市文联文艺创作部主任，东莞市作家协会书记兼常务副主席，东莞理工学院文学与传媒学院特聘教授。）

目录
CONTENTS

第一辑
站在祖国年轮的转盘上

第二辑
军列转向西南

第三辑
深秋，我们走进战乱的海地

第四辑
卸下盔甲，还在路上

第五辑
雨夜，我是街旁的路灯

第六辑
行走的云，来自故乡

目
录

风来过，雨也来过
记录下黄河的悲愤与蹉跎
远去的沧桑留下伤痕，还有那
屹立不倒的重叠背影
接过前辈的枪
守护这血色的山河
爬冰卧雪的人啊，从未忘记
军旗下的承诺
我们知道您，在期待什么
我的母亲，我的祖国

1-1　65 式军装（后排右 3）

1-2　85 式军装（前排右 2）

1-3　87 式军装（中排左 1）

1-4　2007 式军装（前排右 2）

站在祖国年轮的转盘上

——致敬边防官兵

天安门，新中国礼炮的声响
点亮心点亮山河，点燃了整个东方
我们从激情燃烧的岁月出发
踏上征途，沐浴黎明的第一缕阳光
凭借那份豪情，把硝烟的余烬
重重地踩在脚下，刻满忠诚的手
细心缝补着这片土地的伤痕
放飞梦想，去洗涤百年的沧桑

2.2 万公里陆地边境线上
那些坚守的背影，引颈而望
把军靴烙下的脚印，逐一叠加
丈量山河的深情和眷恋
1.8 万公里的海岸线，守望海港
我们温一壶月色，畅饮风霜
把乡愁包裹，守在春韵的窗口
目送春天的帆船驶向远方

风雨春秋 70 载，岁月青葱
聚集红旗下，伴随共和国的成长
在高原、在海岛、在戈壁沙漠
反走私、反偷渡，保一方平安
转身，回眸每一个历史瞬间
举过头顶的信仰，折射每一束光
始终站在改革开放阵地的前沿
站着，站成一面时代的镜子

站在新中国年轮的转盘上
把赤胆忠诚，谱写成奉献的乐章
唱"前进"的歌，读风的絮语
让每一朵云洁净，每一座山安详
祖国啊，您是海是天是一轮朝阳
边防儿女，在匠心的位置伫立潮头
几经变换的只有身份或者服装
不变的是信仰，还有那份责任
与担当……

祖国，晚安

伫立在执勤的哨位上
仰望，那浸染霞光的天空
穿越星辰，遥望南湖的游船
满载着布尔什维克的初心
描绘平等自由、人民至尊的理想
冲破夜色，在湖面绽放

就从历史的长卷里
试着阅读山河的沧桑
一支穿着草鞋的队伍，向北
从井冈山绵延的竹林里出发
提一盏灯，捧一把火种
呐喊着，播撒未来的希望

跨越数十个往复的秋冬
从无到有、由弱到强
呕尽无数赤城滚烫的心血
卫星上天、火箭升空
同举一杆旗，共圆一个梦
在雄鸡的版图上书写辉煌

盛世夜空，星河灿烂
我们把忠诚的背影和信仰重叠
在高原哨所、在海岛边防
同祈祷：祖国，晚安
在军营、在巡逻的路上
共祝愿：母亲，吉祥

祖国，镌刻的记忆

在田野，我是拓荒的铧犁
沉下一颗燃烧的心
翻阅土地的清香和希冀
你是雨露，折射每一束阳光
滋润万物的生长，凝成那
村庄风调雨顺的四季

在边关，我是驰骋的轻骑
犹如一颗上膛的子弹
随时准备出击
你是背景，镌刻在我的前额
贴在胸口，扛在肩上
植在枪刺上的印记

曾经反复诵读长城的风雨
描摹黄河的背影，还有
那百年沧桑的记忆
原谅我，不曾直接表述
双脚根植于这片河山
去丈量深情的土地

雨夜，你是我灿烂的黎明
冬季，你是我御寒的军大衣
看似遥远却又很近
看似模糊，却又很清晰
我的快乐，就是仰望星空
静静的，静静的想你

望归途，告白兰州

——一个老兵写给兰州的诗

记得来时，还是朦胧的春季
我们一起踏着军歌的韵律
顶着黄沙，行走在高原的月影里
黎明时分，从黄河岸边出发
把青春和白杨一起种下
用心点缀这片斑驳的土地

在春天里，驻足仰望北岸
随涛声起伏，远眺高耸的宝塔山
拱卫金城，黄河柳的新叶挂满欣喜
穿城而过，母亲河的包容
把每一颗星都点亮，点燃整个天空
不畏艰难，在交织处合力追赶

离开时，已是霜林尽染的秋天
山花烂漫，疑似身在故乡的江南
五十多种有形或无形的文字
凝聚成同一种语言
置身其中，收获一种纯净
豪情背后，孕育着久远的眷恋

话别，曾经驻足春天路过秋
向前迈步，转身之处该是归途
就捧一把母亲河的水吧
让风，酿成一壶老酒
举起酒杯，饮下过往序新章
一杯话归途，一杯敬兰州

孤岛（外一首）

——写给执着的守岛人

一条军犬，一户人家，几个士兵
简易的家当，还有故乡背来的月亮
组合成孤岛上的一个村庄
一条小路，一面红旗，数组钢架
木质墙体，与刻录在旗帜上的诺言
构建成一座远离陆地的营房

在这里，仅有的半截篮球场
觅食的小鸟依附在单薄的石凳
在风中絮语，划破了林间的长廊
海水拍打礁石的节奏
巡逻的脚步，熟悉的哨声
形成韵律，抚慰那些执着的守望

在这里，涌动的时间被反复折叠
或者烫平，粘贴在礁石之上
面朝大海，军人特有的那种浪漫
守护另一种执着的往返
拥抱忠诚，循着旗帜飘扬的方向
举过头顶的信仰，注满天空

风起的日子，月光覆盖了烛光
已经生根的脚印，嵌入孤岛之中
海上升起的明月，含有炊烟的味道
就从缝隙，把两地的夜色连接
捧起佳酿，把乡情斟满
一杯敬大海，一杯敬故乡

守岛老兵

清晨迎日出，黄昏送日落
那一片海，视线从未离开过
四季轮回，千帆竞发
让胸腔注满青葱的豪情
迎向风雨，全力以赴

台风来了，又走了
送给养的人慰问的人走了
盘旋的雄鹰，迁徙的大雁走了
梦中的麦田翻起波浪
萦绕的炊烟还在
旗杆上，握紧的诺言还在
偶尔上岛来打尖的过客
都是老兵，亲切而陌生的家人

月影下，仰望星空的老兵
并不孤独，那双脚
感受山河的气息，土地的温度
与风雨同行，与礁石并立
站成一座灯塔，站成一棵树

在边陲，站成界碑

忘记，化剑为犁时的童话
狼烟起，必将准时到达
忘记，马放南山后的谚语
丛林中有狼狈的贪婪和偷窥
我唯有倚枪而立，静静的守望
在边陲，站成界碑

风中传来远方的哀鸣
那该是加勒比海的嘶吼
和巴比伦古国撕裂的声音
八国联军的杀戮和倭寇的铁蹄
曾经践踏过的沧桑的河流
流淌着悲愤……

山河的回声萦绕着
萦绕在那一条蜿蜒的山路上
抱紧握别时的誓言
去收集呐喊声和重叠的足迹
寻找足以对应的名字
镌刻在深情的土地……

聆听到此起彼伏的呐喊
守望绵延不断的脚印
如此执着，去丈量山河
谱写出一首又一首悲壮的歌
在边陲，沐浴柔和的光辉
我愿意，站立成碑

多年之后，我就成了你

一双曾经握枪的手
从容叠起那身褪色的军装
携有硝烟漫过的气息
把老茧和沧桑一起珍藏
转身走上崇尚的讲台
去描摹另一段温暖的足迹

一颗装满山河的心
把乡愁和月影重新包裹
排列双脚留下的印记
血色黎明之后的一束霞光
映照风中胡杨和红树林
就让它风里摇曳雨中伫立

转角处的一缕朝霞
背上云朵的影子奔跑
明朗的天空下，潮落潮起
遇到久违的沉淀的背影
穿越岁月的眼神和灯光
凝视和抵达都在心里

马蹄声声流连耳际
慢慢的，灌满我的背囊
此刻，又想起宁静的炊烟
把肥硕的秋天托起
刻录成已经点燃的絮语
掠过那弧线的张力
多年之后，我就成了你

绍兴记忆

一代女侠，一身豪气
心在聆听着沧桑的疼痛
紧贴这多情的土地
试图用自己纤细的双手
抱紧苦难的祖国
扛在肩上，高高地举起

一介书生，一位名医
放下维持生计的手术刀
以灯为伴，举起沉重的笔
从百草园到三味书屋
去寻找济世的良方
呐喊着，唤醒久长的沉寂

乌篷船承载的岁月
从历史深处走来
把现在和未来连在一起
汇成一束光、一条长河
谱写新时代的赞歌
凝练，那绵延的轨迹

绍兴的风，吹拂绿地
慢慢把古城的荣光
写满水乡的四季
绍兴的水柔和纯净
适宜酿酒，塑造风骨
把一片天，牢牢地撑起

韶山之行

酝酿多年的行程
一直停留在湘江的岸边
曾经背着故乡的满月
从子夜出发,握住
风雨的誓言,离开了江南

每到杜鹃花开的季节
耳边就响起父亲的嘱咐
瞻仰南岳山脉的七十一峰
坐落在浏阳河畔的高山
了却平生的夙愿

来去匆匆的这些年
父亲在期待中默默守望
我在行军的路上追赶
儿子在我变调的乡音中长大
那种承诺,在风雨中走散

来不及整理思绪
虔诚地,肃立在雕塑前
父亲躬身,我仰望
儿子看着韶峰若有所思
却又沉默寡言

海燕（外一首）

穿越在乌云和浊浪之间
昂起头，始终向前
环视周围惊悚的眼睛
与风对视，呐喊着
宣告暴风雨来临的预言

向着云层背后的阳光
闪动那一双坚硬的翅膀
似一道黑色的闪电
掠过重重的浮云
高昂地，勇敢地飞翔

从高空的风中俯瞰
海风吹来一层浓厚的窗纱
覆盖住礁石的沉郁
仔细打量无数挣扎的背影
如同尘间的海市蜃楼

巨浪不停地拍打着岩石
溅起一朵朵浪花
顷刻间化作海水流失
不管是否有人记得
都是浊浪中最好的预示

浪花

风起时，云卷云舒
伴随巨浪拍击岩石的声响
在喧嚣的海面自然来去

浪静时，成就一片海
就像花开，转头后
刹那间剩下绿色的枝叶

任凭尘间风高浪急
不断被击碎，又重塑
其实，与风无关

迎风而立，香溢四季（组诗）

春桃

冰雪中孕育着壮丽
诞生在三月的风雨里
微笑着，洒下一路阳光
平铺在水面上，温暖
那流向远方的小溪

雷声雨声逐渐交融
雨后的河流，依然薄凉
在风中，把实诚的心
一颗颗挂满树枝
虔诚，心怀这片河山

不问出处，不谈过往
笑对曾经的沧桑
此刻，对于来路的艰辛
却始终，守口如瓶

夏荷

出淤泥，越过水面
传承的血脉与大地相连
抖落来时的一身风尘
点燃一潭水，忘我
竭力去撑起一片蓝天

颤动的圣洁的心
未曾被世俗的尘埃熏染
扬起清纯的笑脸
把滑落的光阴留住
让游人阅读千遍

白云闻着清香跋涉
道一声珍重
仔细打量千帆从此飘过
笑傲，世间的沉浮

秋菊

羞与春花争芳斗艳
低调呈现在霜天
凄美的梵音掠过晚秋
在含蓄地表达
红尘之间的眷恋

寒风起，百花凋零
风卷的那般苍茫
就洒落山野和乡间
迎风而立，独挂枝头
驱尽人间的伤感

风中尽显芳华
不卑不亢，淡妆素裹
坚守，曾经许下的诺言
不坠地，抱枝自枯

冬梅

迎着风，踏雪而来
在寂静的空旷中慢慢盛开
傲视漫天飞雪的舞动
把丢失的、扭曲的
还有传承的，一同覆盖

先开红花，后出绿叶
试图从间隙中寻找未来
远山之外，归于平静
偶尔还有几声鸟鸣
划破夜的长空

星辰之下，遥远
每一个空间都有信念
在这个季节，唯你清醒
预示，来年的春天

与白杨树相望

在春天，我种下的那棵白杨
不贪水和光，根植干涩的土壤
迎风而立，枝叶繁茂
蓬勃而顽强地生长
想家的时候，伫立树下
遥望月影下的故乡

倾注一腔热血浇灌那棵白杨
慢慢超越五层高的营房
枝叶上生长着秀拔清朗的风骨
折射每一束阳光
在与风雪对话的日子
收获纯净和坚强

大雁和雄鹰，形成梯队经过
或天空盘旋，或午夜打坐
稍做停留，又飞向天空
我，从一楼拾级而上
站在五楼的窗前
让风梳理鬓角厚重的风霜

抖落一身风尘，转身
远山的眷恋已经沉默多年
故乡变成了远方
缠绕的心在颤动，山那边
三十年的相伴成为曾经
我和那棵白杨，隔山相望

见证辉煌

翻开历史的长卷，握在手上
我们试着阅读山河的沧桑
一支穿着草鞋的队伍，向北
从井冈山五百里绵延竹林之中
提一盏灯，捧一把火种
穿越无人区，播撒未来的希望
走过漫长山路的泥泞
蹚过无数湍急的河流
攀上山崖的时候，呐喊着
举起高于雪山的信仰
每前进一里就有数人倒下
每一次倒下都在诠释着远方
步步艰辛，日夜兼程
在西北窑洞里落地生根
地不再荒，炉火正旺
历史，见证开始挺直的脊梁

平复沸腾的思绪，相向而望
我们走进父辈谱写的乐章
一群穿着单薄的军人，向东
从八千里河山齐聚长白山之南
凭一身忠勇，一份坚强
顶风冒雪，跨过漫烟的鸭绿江
十八万优秀的中华儿女呀
十八万天兵，从天而降
握成一个坚实的拳头，打出
共和国数十年和平的曙光

那年，就从父辈的故事里出发
开始我们的征途，接过枪
匍匐在祖国的万里边防线上
日夜守护，祈祷母亲安详
从更新的武器和演变的军装
我们这代军人，见证发奋、图强

母亲河上，留下弯曲的影子
那是我们曾经弯而不折的沧桑
长城脚下，烙有屈辱的印记
曾经记录着我们觉醒后的飞翔
如今，万众一心的工匠们啊
同举一杆旗，共圆一个梦
走向海洋，走向太空
未来，已来！请你见证辉煌

行走的歌声（组诗）

梦

儿提时分
山河崇尚绿的纯净
邂逅到红领章的刚毅
再也挪不开眼睛

走进军营
四个兜的军装是远方的梦
拨动青春的琴弦
成就大地的和声

伴随军号的声音
梦在歌声中疾步前行
穿上四个兜，这才知道
多了两个兜的责任

风纪扣

轻轻一收
屏蔽不羁的胸口
昂头直视前方的路
锁住淡淡的乡愁

轻轻一扣
修正了生命的路口
许多端正的人生

就在直线上行走

正步

身正腿直，微向前倾
与地面平行的脚掌，远离故乡
双脚踏入黄河长江
交替向前，平移自己的理想

脚尖下压，朝前挪动
眼睛始终平视前方
把山河装进自己的心里
从此，不再偏离人生的方向

战士

昆仑山上的那轮明月
捎来远方的牵挂
裹满乡愁的雪绒花
只在午夜到达

伫立在界碑前
紧紧盯住界河的灯塔
犹如一颗上膛的子弹
随时准备击发

军功章

我只在节日这天
庄重地把它挂在胸前
在明媚的阳光下

晃动我的思念

你无论风或是雨
挂在沉默的墓碑上
在隐约的星辰里
守护界河边的尊严

每年的这个日子
战友相约在墓碑前的草地上
相约不是哭泣
就为久远的长长的依恋

也许山峦阻断了视线
浮云飘向天边
替你拂去功章上的尘埃
点亮沉睡或者醒着的春天

界碑前的悄悄话

祖国是我的，也是你的
我守望，你轻舟荡漾在春天里
把山河喘息的声音收录在影集
闪光灯度量远方的子午线
天南地北，横贯中西
我守望，你躺在厚实的草地
遥望昆仑，沐浴太阳的光辉
静静地，享受和平的雨露
用思绪穿透绵延的戈壁
日子疯长，欲望也在疯长
乌云的风险也在悄悄疯长
就用海平面，或者珠峰的高度
一起，一起去丈量岁月的土地

祖国是你的，也是我的
我愿意，包裹乡愁埋在心里
把雄鸡的图案烙在前额
风雨中，用双脚丈量山河
由南向北，自东向西
我愿意，把母亲的伤痛握紧
把挂在枪刺的信仰举起
用青春的丝线串联历史疼痛
从晚清到民国，从黑夜到晨曦
就算惊涛骇浪，天崩地裂
我会站成一棵树，立成一块碑
凭钢枪和生命建树母亲的荣誉
守望着，成就这山河的传奇

与风对话的胡杨

站在大漠中，触摸风的空旷
在通往边关的路上
细数军靴留下的印记
收集青春的豪情和梦想
悬挂在树梢上的那轮明月
穿透贫瘠和荒芜
照亮往返穿梭的背影
洒落在巡逻的路上
植入泥土的忠诚
长出发达而有序的根系
朝着一个方向，把信仰摆放

敞开宽阔的胸膛，与风对话
在浩瀚的沙海，放牧阳光
抑制季节的躁动
透析风的贪婪和欲望
借助诗人的礼节
把坚强的灵魂
安放在写满誓言的旗帜上
迎着风，高高飘扬
守望边关的那棵胡杨树
梳理着沧桑而干净的土壤
高贵地伫立风中，挺直脊梁

仰视母亲的目光

从晚清的那条山路上走来
跌跌撞撞，摇摇晃晃
在荆棘密布的荒原
寻找一条奋发图强的路
风雨中，伫立在废墟之上
母亲，用血凝成山溪、河流
疲惫地，抚慰孩子们成长

面对门外游离的豺狼
和屋内安居乐业的渴望
母亲勒紧腰带，扎起篱笆
凭一双长满老茧的手
把蘑菇云推向沙漠的天空
让上天的卫星去寻找
失散多年的孩子
回家或在回家的路上

在激昂与困惑交织的路口
母亲，也会有些彷徨
也许你有光脚上学的经历
也许你有野菜充饥的过往
那些年，母亲也骨瘦如柴呀
困苦中，从未忘却母性的慈祥
有限的乳汁，滋润着沙漠
流经大地、流过黄河长江

如今，焕发青春的母亲
伫立在世界的潮头之上
孩子啊，无论你在哪
请永远仰视母亲的目光

那些年我们不曾说谎

简陋的教室，端坐纯朴的渴望
感受到教鞭的神圣和柔软的目光
默念握方向盘和举炸药包的人名
以及他们背上的信念和钢枪
都用自己的眼睛去诠释
坦露未曾雕饰的梦想

那些年，我们不曾说谎
没有人苛求礼节性的过往
也不曾掩藏近似荒谬的轻狂
相信雄鹰会有一对坚硬的翅膀
鸭舌帽的曲和麦田的歌
都会自豪地传送远方

在穿越泥泞后的季节中
纤尘空灵，夜色已近荒芜
川流不息的行人挤在追星的路上
虚拟的天空，喧嚣躁动
有些人连自己的身份和性别
也羞于大声张扬

彩云之下，伫立在连云山上
眺望远方的海和沙漠的荒凉
泪水淋湿了血染的风采
崇尚红星、高脚屋和猫耳洞
相信天空的底色和草原的空旷
呐喊着，坚定深挚的守望

注释：

连云山：湘东最高峰；

高脚屋：南沙守岛士兵初始营房；

猫耳洞：自卫反击战时士兵自制式掩体；

鸭舌帽：那个年代工人自豪的标示物。

2017 年 4 月 18 日　于淮川书屋

南方北方

夏天是南方流火的季节
我倾羡山水包裹着炙热
冬天是北方凝固的日子
我深爱那蕴藏生机的颜色
南方的翠绿映衬深海
北方的风光照耀边塞

我爱南方
那是我迷离的故土
翘首凝视北斗的位置
总有我心中节奏的跳动
我爱北方
那是白桦林中的脚印
平行延向遥远的地方
划出我久远的期望

风雨不懂山的心思

山的心思，期待风和日丽
可在山脚下却西风渐起
江南古城起风的那个季节
一句调侃或不小心的眼神
可以划出左或右的阵地
左右着你未来沧桑的日历

风中的母亲，把我抱紧
一起被刮进陌生的世界里
在千里之外的向阳湖中
听夜的雨声，品味着别离
儒雅和诗韵包围的日子
朦胧走近远方苍茫和神秘

山的初衷，守望晴空万里
让桌上的笔去亲吻大地
高山和大海，铁锤和镰刀
紧密相连，缠绵在一起
风雨误读了那大山的心思
历史的画布涂抹迷茫的一笔

多年后，曾经懵懂的少年
读懂了远方和小靳庄的秘密
让诗魂，借用向阳湖的水
去重写风和雨中的日记

注释：

　　向阳湖位于湖北咸宁，著名的"五七干校"所在地，建于20世纪60年代末，1979年撤销。小靳庄位于天津宝坻，70年代中期开始举办赛诗会，闻名全国。

2016年12月　作于湖北咸宁向阳湖畔

与狭隘的流行无关

题记:

　　沿袭眷恋的平头发型，是军人的一种象征，与狭隘的流行无关！

记忆中，父亲那日渐稀疏的头顶
如同雪地里曾经被盗伐的白桦林
排列整齐的树桩，虽被岁月染白
却在沧桑的河流中依然那么坚挺
除左脑弹片作怪，还是耳聪目明
挺拔的腰身，撑住逐渐褪色的光阴

那年那月，秋阳熏染的理发店里
我刻意模仿父亲那骄傲的发型
背上行囊出发，沿着熟悉的山路
跋山涉水，向着远方匍匐前行
白桦林的感召，守望着那份忠诚
背着故乡的满月，行走到霜染两鬓

如今秋天又近，孩子也穿上军装
也留着我和我父亲同样的发型
让岁月延续着，把记忆擦拭留存
还是那条山路，去守望那片白桦林
把黑白色的和彩色的照片相互重叠
冲洗一组连贯、全新和倔强的背影

这种沿袭的眷恋，与狭隘流行无关
我真的不在乎，你信或者还是不信

士兵大学生

题记:

　　士兵大学生,是 20 世纪 80 年代的一种亲切称呼,也是一种敬重! 从战火中走出的士兵,与现代战争知识相交融,是一个时代的双重责任!

你,从神秘的大山里
从硝烟弥漫的西南边陲
从西域的天山脚下
从祖国遥远的北方
把血色的生活轨迹
引向远离枪声的阵地
引向黑板和课桌旁

从此,把战士的刚毅和
大学生的知识相交融
从字里行间,去寻找
寻找战争与和平的答案
军校的生活就此开始
经过无数烈日下的苦练
用汗水和智慧去柔和
四年之后的秋天
你所憧憬的那片秋色
将会是一片金黄

砸满绗线的棉衣

题记:

　　新中国成立初,国力弱,许多志愿军战士穿着裸露的棉衣,在丛林作战,树枝划破棉衣,棉花脱落变成了单衣,心疼战士的周总理,下令所有军棉衣砸满绗线。这种棉衣成为了一个时代的标签,流行了半个多世纪,追思那场战争,追忆人民的好总理。

　　　　砸满绗线的军棉衣
　　　　穿透了心中的两个世纪
　　　　就是普通的一种流行色
　　　　却浸染了神州大地

　　　　跨越鸭绿江的父辈
　　　　用生命书写辉煌
　　　　脚下的草鞋雪地行军
　　　　身上的棉衣丛林伏击
　　　　长白山下的墓碑
　　　　记录下鲜血凝成的友谊

　　　　每一件砸满绗线的棉衣
　　　　就是一面不倒的军旗
　　　　探寻历史的真诚和敬重
　　　　化作诗行,写进心里

昨天，我从海边归来

长这么大
我不曾见过大海
就为这
带着思念匆匆走来
遇见微笑的你
那是我很久的期待
阳光、沙滩、贝壳
倾心满怀
对战友说，昨天
我从海边归来

静静仰望星空

——纪念余旭

在蓝色的天空中凋谢
那是远山的映山红
忠诚和无畏
铭刻在亿万人的心中

任何言语都难以表达
雄心永驻，天地动容
我只有和群山一起肃穆
静静的仰望星空

远方的山峦
在风中颤动

走好，蓝天的姑娘

——纪念余旭

遨游天空，自由飞翔
守护这无垠的苍穹
曾经是你远方的梦想

远山乡村的风和水
铸就了你一生的倔强
心系浩瀚的天空
忠诚镌刻在蓝天的胸膛
风在哭泣，雨中含泪
你，已感动上苍

来不及轻轻说声"再见"
那朵花，洒落在地上
姑娘走好！一路向西
那是生你养你的故乡
姑娘，一路珍重

母校，我今夜无眠

我们约定久违的眼神
相聚在梦醒时分
把珍藏多年的祝福
洋溢在满脸的皱纹里

八月的云龙湖边
就在沐浴的朝霞里
去寻找远去的青春背影
一路艰辛，一路风尘
用深情的阳光抚慰
洗净当年的离恨

母校，我今夜无眠
沧桑的脸不见昔日的天真
我借用温暖的灯光
照亮期盼已久的故人
在记忆的墙壁上
刻满远方的问候
让这道人生的风景
变成永恒

2016 年于徐州

军人的故乡

背着沉重的行囊
我沿着长长的铁路线
渐渐远离了自己的家乡
把汗水、青春乃至生命
揉进了守望的岁月
用年轮去刻画流星的轨迹
和平鸽在引领方向

军号声的节奏很响
击打出我们生命的铃声
用稳健的脚步丈量着山河
不是旅客,却永在旅途
当霜花染上两鬓的时候
漂泊的脚步,就停留在他乡

梦里故乡
把我视作久违的客人
唯有祖籍,还有出生地
才是永恒的念想

今夜，我枕着你的梦

在胡杨树下相约
守望边关的那轮明月
驼铃划破沙漠的黄昏
远方的天空残阳如血

在温暖的日子
军号唤醒燃烧的岁月
胡杨树的瞳孔里
记录下沙漠深处的军靴
军人的足迹就是音符
为母亲谱写永恒的音乐

今夜，我枕着你的梦
在胡杨林中穿越
收集忠诚和思念
遥寄伟大的母亲检阅！

军人的妻子

题记：
　　等待是一种痛，却成就了无数人的梦想！

凭自己柔弱的双肩
托起全家老小的梦想
把赡养和抚养双重的责任
扛在肩上

月光下长长的等待
是你撑住一片蓝天的期望
每天夜晚，计算着相逢的日子
在你的心里，那是一年的辉煌
如果使命在身，重逢无期
只留下一片空旷
等待再一个春秋的轮回
变成遥远的守望

夜深天冷，风起的时候
就独自唱着儿歌
只有思念和孩子的鼾声
穿透夜色，在天空飞翔
是你的那份柔情
撑起庭院，唤醒坚强

拥抱誓言，执着风雨
在年轮上刻画流星的轨迹
让自己放飞的和平鸽
穿透云层，飞向远方

聚会

——谨以此诗献给毕业 30 周年聚会的战友！

也许不愿，穿上舶来的西服
并不能确定，那就是迂腐
负重的双肩长满老茧
见风后，就会层层脱落
敞开衣襟，风干的那些往事
慢慢会从炽热的胸口溢出

也许眷恋，已成定式的装束
既可塑肩，亦能包裹
在忠诚烧热过的那片海
我们一起去打捞飘落的时光
屏蔽追赶的月夜或是黎明
尝试着，把记忆留住

一条河，有一条河的走向
一条路，或许有一条路的蹉跎
曾经拥有的那份赤城
让心长出翅膀闪动
在天空下追逐，谱写过
彼此相近的音符

分别那年，还是年少轻狂
再次相聚，却已两鬓挂满秋霜
相拥杯中叙往事，安好明媚
无尽梦中路，大道不孤
过往之后序新章，我只愿
雨露给你，风霜给我

处女作

题记:

> 我的脚步，伴随时代的号声，一步一步行进；我的每一次
转身，触摸到祖国变化的缩影……

　　　时间是一条河
　　　在少年郎的身边，稍做停顿
　　　静静地流向远方
　　　炊烟是故乡的符号
　　　黄昏起舞，连同月亮
　　　塞满了我的背囊
　　　那时候，时常躺在河边
　　　与远方交谈
　　　露水打湿的心事
　　　猜测天空云彩的走向
　　　每一次转身
　　　都是时候的节点
　　　触摸到背影
　　　我清楚地记得
　　　处女作，唤来盛开的花
　　　和梦，还有远方
　　　那就是，我第一次
　　　《远离故乡》

2020 年 7 月 23 日搬家时翻出 33 年前的获奖证书后随笔。

第二辑
军列转向西南

随着响亮的军号挺身而出
血色的旗帜上，写满祖国的嘱托
相拥握别，期待再次相见
远方的村口
还有母亲的等候
面对边陲界河边的烽火
誓言就是我们的承诺
在忘我冲锋的队伍中
在穿越雷场的背影里
你不会知道，我是哪一个
母亲知道我，祖国知道我

2-1 出征（戴礼帽者为开国上将陈士榘
将军，作者右3，战友郭圣明右4）

2-2 阅兵（前排左1，战友郭圣明前排左4）

2-3 在北京香山驻地

2-4 在老山主峰

祖国在召唤

　　　　　——写给同龄战友

十月的风
吹走了你多彩的梦
只留下一支青春的歌
伴你同行
从五线乐谱里
你毅然选择绿色音符
十八岁的琴弦
弹出新一代的肝胆赤诚

从此
你描写兵的历史兵的岁月
把绿色的身躯嵌入
卫国的长城
父辈热血洒过的土地
由你和同龄人守卫
放弃玫瑰色的坦途
路，在军号声中起程

金黄的十月充满着诗情
红叶、硕果和清风
你选择这成熟的季节
连接历史和未来的旅程
祖国在召唤你，
军旗在前方飘动

　　　　　　1984 年于长沙

那一年

那一年，血色的界河
流淌着愤怒，震撼山峦
炮声正浓，硝烟未散

那一年，牵水牛的
抚摸土地，要做乐土的王子
承包下百亩沙滩

那一年，握扳手的
转岗，推开熟悉的窗户
迈向新的地平线

那一年，念英语的
告别乡音，随着垂落的风
到了大洋彼岸

那一年，我们整装列队
出征，军列途经湘南小站
右转弯，驶向西南

穿越碑林

风，从四月穿过碑林
划破了磨山坡的宁静
许多相异的方言
不约而同，汇聚
在边陲的山村
彩云之下，倾诉乡音

937 颗红色五角星
937 个向北的灵魂
飞翔的轨迹
定格在界河之上
折射的光
照亮整个天空

太阳照在磨山坡上
远方不再是远方
那些涂满眷恋的脚步
朝着同一个方向
眼前飘过的雨
如此细腻、柔软

站着的，也许隔着乡音
躺下的，曾经结伴前行
刻着希望的面孔
或熟悉，或陌生
他们占据了我的心
我在，收集他们的脚印

1989 年作于云南

戍边人

爷爷把信仰举过头顶
握枪的手，抠进泥泞
驮着帐篷在风沙中行走
拓荒播种、发芽生根

父亲把使命贴在胸襟
马头琴为媒，白云作证
红柳的枝头描画生活
走进胡杨树下的光阴

孩子把梦镶嵌在掌心
在梦回故乡的路上夜行
护送先辈们原路返回
珍藏下他们透支的一生

双拐支撑的灯塔

题记:

　　一种记忆，那是界河边的硝烟；一个声音，穿越时空回响在耳边；今天是昨天的延伸，也是明天的起点。

伫立是一盏塔灯

倒下就是一段长城

穿透时空的灯光

折射的悲壮

驱散昨夜的寒冷

长城上的每一块砖石

都有一个故事

在风中流传

从胸口喷出的誓言

一直萦绕在耳边

昨天是今天的序章

今天又是明天的起点

银光闪动的天空

双拐撑起的一座座山峰

如此高大、挺拔

起满皱纹的土地上

有的人低头赶路

更多的人，驻足仰望

又见老山兰花开（组诗）

老山兰

曾经的焦土
随着年轮不停翻新
硝烟昨日飘过
老山的兰花又开了
中年男人的神情肃穆
他在给每一朵花
寻找对应的名字
花瓣上的露珠
从他的眼角慢慢滑落
记忆深处灯光闪烁
明年老山的兰花
还会再开

木棉花

折起的故事
随着木棉花的盛开
渐渐地清晰
行走的速度越来越慢
每一个背影
都有一双深情的眼睛
俯瞰这沧桑的河流
回溯过去

向日葵

阳光之下
清晰的足印里
留有风霜
映山红开过的季节
有风雨路过
道路旁边的向日葵
微笑着，双手
慢慢缝补着岁月……

雨中送别

雨中的山村小站
我忽视了您湿润的眼睛
车与人群的躁动
盖住您叮咛的声音

我不敢直视风中的白发
偶尔偷偷回头张望
高高举起的双手
掩饰了短暂而不情愿的镇定
眷恋和呼唤在徘徊
我还是坚持，选择远行

在驰骋的岁月里
我用全身心守望着忠诚
把记忆一片片拾起
我却愧对沧桑的双亲
只在梦呓中品味幸福
时刻怀念那远去的背影

怀念战友

遥想当年战正酣，相携赴老山。
猫耳洞里蹲守，细语话江南。
断桥边，灭南蛮。硝烟散。
拟歌欲弹，琴声突断，魂留边关。

故乡

出征还是少年，归来霜满两边。
初心刻在眉宇间。
迎风赴险，何惧硝烟？
忠诚边关连成片，
梦里故乡依稀面。
离时，仰望春天，
归时，守望秋天。

注释:
　　少年：许多上前线的战士未满 18 岁。

山溪

与群山绵长的倒影
互为厚重的背景
在春天，昭告出征的誓言

与天空满月承诺
风雨中，挣脱山的束缚
把那份清纯，洒落到天边

不曾预谋的相识
也许才算真正的遇见
背上黎明的赤诚和夜的沧桑
流经荒原或者险滩
在柳岸，穿越风的呓语
去倾听雨燕的呢喃

只愿你，初心犹在
每一次相遇都被善良眷顾
每一处弯途都能灿烂
风尘万里，大过天地
途经晴天或是雨天
虽沧海桑田，却宛如初见

山河的护栏

它是一个象征，不仅仅是象征
曾经生长在广袤的山林
经过提炼和筛选
又根植到悬崖的边缘
抵御风险和邪恶的窥探
静静地守护这片河山

它是一道风景，又不仅是风景
闪光灯留下的那种暗示
叠成深邃的信仰
把忠诚当作一种习惯
无论漫过硝烟或风雨雷电
依然伫立在万里边关

阳光下目睹山河壮丽的容颜
让痴心随祥云变幻
月影里细听大地的鼾声
感受那山河的柔软
来自苍茫的仰视或漠视
都与那份执着无关

阳光普照，岁月静好
多少人沉醉在寂寞的歌谣里
护栏的存在或者不存在
窥探的目光无时不在
其实呀，护栏的外面风急
路远，却是万丈深渊

十八岁的山峰

题记:

　　我还站着，纪念倒下的；我还醒着，抚慰长眠的。岁月流落远方，我还在原地……

阳光下，枫叶渐渐变红
十八岁的梦挂在校园的天空
飞越的思绪，连接着
绿皮火车难以抵达的远方

伫立湘江岸边岳麓山上
曾经反复默念梦中的胡杨
顺着茶马古道走上高原
仗剑前行抚慰母亲的忧伤

在战车碾压过的那个黎明
掩藏同龄人曾经的梦想
顺着血色的印记，毅然仰面
迎着风，穿越硝烟的迷茫

十八岁青春十八岁的梦想
把界碑和界河揽入怀里
来不及转身说一句：再见
就化作边陲一群永恒的山峰

高山下的花环

那一年，友谊桥坍塌
幽灵在界河的岸边肆意溜达
二月的乌云在天空翻转
山顶那轮被屏蔽的明月
坠落在边陲的哨卡

午夜，军号催醒青春的梦
我们把高原红庄严披挂
背上刚刚相认的钢枪和被包
举过头顶的红星，闪亮
沿着界河，顺流而下

对峙、伏击、穿插
匍匐在漫烟的丛林里
重复着出发前的那种誓言
从枪炮声的间隙里，往北
遥视故乡牵挂的朝霞

呐喊着，把复制的春天
轻轻的，粘贴在界河的天空
许多熟悉和不熟悉的名字
簇拥在高山下的花环中
闪耀在明媚的阳光下

边陲的城市从硝烟中醒来
高山低垂，大地颤抖
重拾春天的花语
挂在天空的忠诚和荣耀
像含雨的云，亦似飘动的彩霞

山峦穿透时空的笑容

四月的阳光，柔和地洒落
洒落在镶嵌红星的墓碑上
流连于松柏之间的思念
在磨山坡的风中飘荡
这寂静肃穆的山峦
汇聚着无数敬仰的目光

那年六月，硝烟弥漫的山谷
你，掩护一群男女新兵
奉命撤离边界雷区
而自己，却倒在撤离的路上
把笑容定格在而立之年
留在老山兰的花蕾中

每年的这个季节苏醒
山城的菊花会定期盛开
北方的汉子梦想有一场雪
覆盖这片土地的沧桑
此刻的你，不需要眼泪
但愿来人坚守你曾经的梦想

如今，弹坑填满新土
你的照片虽然渐渐泛黄
站着是一棵树，躺下是一座峰
笑容依旧，穿透静谧的时空
任凭季节如何干涩躁动
依然盯住界河的前方

雨中，山与山的对视

题记：

　　谨以此诗献给 1984 年 6 月 12 日老山之战，长眠的和醒着的、倒下的和站着的所有英雄！

　　　　铺满条石的路，通往山坡
　　　　路边的山菊，仰视青翠的松柏
　　　　松柏间，耸立着镶嵌红星的山峦
　　　　静静地守望着盛开的花朵

　　　　每年六月，那是山与山的约定
　　　　从巴东老屋辗转磨山坡
　　　　相隔千里，却风雨无阻
　　　　就是标准的航班，准确无误

　　　　雨中，一副拐杖撑起的山峰
　　　　凝视松柏之间耸立的山峦
　　　　面对闪耀的红星，哽咽着
　　　　雨水顺着稀疏的发梢
　　　　流过清瘦的脸颊，与泪交融
　　　　这世界被沉默包裹

　　　　唯有胸前的功章碰撞的声音
　　　　划破这沉寂的天空
　　　　久久对视，听不懂交流什么
　　　　也许，就是那久远的承诺

注释:

巴东老屋是因战致残连长的老家，磨山坡是麻栗坡县烈士陵园。

2014 年于云南

生命中的鸽声

边防线上的春夏秋冬
枕戈待旦的我和你
总是在黎明的号声中启程

面对丛林中的野蛮窥觎
我们站在古老的烽火台上
把身躯叠成山峰
让漫长的跋涉
去弥补土地边缘的裂痕

沧桑的高原飘着雪
斑驳的界碑站在风中
母亲目送着
无数忠诚的背影

扛枪的日子
我们永远随着号声迁徙
有序的脚步，均匀的喘息
藏满许多花絮的梦
把它镶进界碑，溶入生命
让鸽声永恒

界碑

狼烟虽已散去
山谷的记忆揉入伤悲
夹长的界河里
流淌着高原的眼泪

在枕戈待旦的日子
把母亲的尊严
刻在信仰的墙壁
写满整个脊背
忠诚和光荣留在老山
留在历史的纪念碑上

如今，山村也许沉睡，
记忆已疲惫
我坚信，母亲注视着
无数年轻的心
在长长的边境线上
叠成的界碑

星空下的老山兰

远处的群山
无法用言语表达的平静
盛开的老山兰
就是用忠诚字符塑造的身影

星空下的老山兰
缠绵着红土地的那份痴情
穿透昔日血染的思念
勾勒出遥远的意境

山村沉静在欢乐的黄昏
浓郁的夜色依然安静
那是因为无数军人的抵挡
这才成就山河的美景

老山兰，记录下昨日的豪情
老山兰，珍视这沉默的风景

军人的眼睛

题记:

　　纪念，就是对历史的承载，眼泪，不都是懦弱的表现，此刻是英雄相惜的感动！挂满勋章的人站在墓碑前久久不肯离去，昨日的记忆又缠绕着……

　　　　紧紧盯住前方
　　　　一刻也不曾放松
　　　　这是祖国赋予的使命
　　　　只有你能懂

　　　　军人的眼睛也会潮湿
　　　　可那不是眼泪
　　　　是对历史的承载
　　　　成就一个念想
　　　　英雄相惜
　　　　是活着的对逝去的
　　　　是醒着的对长眠的
　　　　一种感动

伫立风中的母亲

题记:

这里的母亲，特指对越自卫反击战中牺牲的赵占英的母亲。同时，以此诗献给所有英雄的母亲!

积攒着长久的思念
已成决口的堤坝
在镶嵌红星的墓碑上
尽情挥洒

翻山越岭的母亲
心在旅途
就为聆听远行的孩子
骄傲的回答

痛惜与思念缠绕
瞬间的定格却成永恒
请青山和大地做证
平凡的母亲如此伟大

军人是共和国的长子

呵护着弟妹的摇篮
守卫在母亲的身边
在行军的背囊里
珍藏下妻儿的思念

无论天灾还是人祸
长子的责任在肩
边境出现狼群的时候
我将奔赴硝烟
大海翻起巨浪的时刻
我必定冲锋在前

我是共和国的长子
与母亲的命运相连

1985 年于洛阳

我的履历表

我从浏河来
我从湘江来
历尽艰辛坎坷、曲折
走过烟雾，苦涩，悲哀
二十度往复的春秋
才见杜鹃花开
为了文学的追求
为了血染的风采
把生活的轨迹引向
课桌，引向天边云海……

从猫耳洞的沉思中
走出硝烟的弥漫
走出生活的静夜
溶入知识和勇毅的大海
八月的第一天
那位不再有稚气的男孩
严整军容
走向成熟
走向未来

1986 年于徐州

山鹰

别以为太轻，穿越风云
就算狂风暴雨
也未曾改变行程

旷日持久的飞翔
也许触摸到残败的风尘
夜色掩盖不了虔诚

风一路，雨一路
每一次振翅，每一个眼神
都能划破夜的寂静

昨天，我从海边归来

长这么大
我不曾见过大海
为这
带着思念匆匆走来
海边
遇见微笑的你，那是
我很久的期待
阳光，沙滩，贝壳
对妈妈说，昨天
我从海边归来

1990 年于北京

致双重军礼

——写在徐向前元帅为工程兵学院题词之际

一双曾指挥过千军万马的手
握住一支饱蘸墨汁的笔
写下父辈的深情和期待
写下老帅的关怀和鼓励
令人感动万分，兴奋不已

在龙的岁月，龙的年代
您是一位出色的音乐巨匠
谱出一首期待和奋斗的歌
于是
在记忆的海洋里
您的教诲化作航船
驶进七色的港湾
化作春雨
滋润无数颗进取的心
化作春风
吹绿那开耕的土地

"以求实精神培养合格人才"
求实创新，开拓进取
青春的年华将更充实
此时此刻啊
请接受我们全体学员
向您致以的双重军礼！

1988 年于徐州

不要

不要把青春的话语
在公园的树荫下讲完
不要让青春的脚步
总在月下幽径往返
不要使青春的活力
用来营造自己的"巢穴"
不要用青春的激情
谱写"空淡"的诗篇！
青春的脚步
应属于突破进击、登攀！

1986 年于徐州

我只对清白的事物产生敬畏

相对，拱卫山河的长城
我只是一块砖、一撮石灰
相对，那些远去的背影
我又是如此眷恋、如此卑微
以草木之心，仰望天空
从树叶的缝隙，漏下斑驳的光点
虔诚地拾起，抱紧珍藏
以大地的苍茫，直面沧桑
注满血色的河流，凝成雕塑
让风读懂，满园秋霞与落红
每一片落叶都是一颗心
每一缕阳光都折射出背影
谦逊与倔强，不是秋天的叹息
凝结成一滴水，洒落大地
那该是凝眸遐想的轮回
点一盏灯，我只对
清白的事物产生敬畏

金秋胡杨

就为一句不悔的承诺
坚守在茫茫的沙漠
驼铃声远去
秋雨还未滴落
天空雁阵次第南迁
风霜从耳边飘过
春天太早，冬天太迟
这是我最好的季节
南来北往的人啊
你来，但愿不是看沙漠
你是来看我

此刻，我追你

——致敬人民英雄

这一刻
汹涌的波涛
已经远离

这一刻
共和国的功臣
授以国礼

人民的英雄
在欢呼声中树立
我从不追星
此刻，我追你

2020 年于广东

追逐远方的背影

——写给散居各地的战友

那时候，彼此岁月青葱
风雨雷电还未读懂
凭青涩的年华
去燃烧春天的梦
从西南边陲，北上新疆
辗转折向，一路向东

雕刻下界碑上的诺言
老山的兰花开了
记录写给胡杨的恋曲
新疆的马兰花开了
八达岭上索道的惊叹
点缀着盘山公路的夯歌

也许行走的歌声不一样
也许与梦擦肩而过
也许沿途的风景不尽相同
在青春的证词里
每一次奔跑都留下背影
每一段足迹都是荣光

读懂昨日握别时的惆怅
如今啊，阳光已居中
提一盏旧式的灯笼
追逐远方的背影
举起酒杯，仰望红月亮
一杯敬青春，一杯敬远方

淮川之剑

有过麻栗坡庄严的伫立
有过湄公河畔的磨砺
有过胡杨树下的摸爬滚打
有过男人的骄傲女人的妒忌

从浏阳河的岸边出发
把秋色和守望握在手里
秋韵中仗剑而行
把山谷和高原的选择
镶嵌在边陲、山关
把忠诚和生命融合
伫立在异国的腥风里

在眷恋和呼唤中往返
品尝生离死别的伤感
让那份纯真的初心
镌刻在灵魂深处
在沧桑的岁月里
开花结果，熠熠生辉

又有多少次
徘徊在淮川书屋前
真想停下漂泊的脚步
沉下心，拿起笨拙的笔
把倒下的、残废的排到成行
让年轻一代记起
月影下，匆忙的背影
把脚印重叠
默默翘首，那小憩的日期

那就是我

我没有骑在父亲脖子上
逛公园的童年
我没有坐在河边垂柳下
拉小提琴的青春
在危岛奋力驱逐死神
迎接血色的黎明
在沙漠深处唱大风歌
与胡杨为伴，聆听着驼铃声
滴落在香山隧洞的汗滴
已被风吹干
在界河边匍匐的岁月
只留下脚印
我自豪，阳光在心里生长
我庆幸，春雨滴落手心
托起夜空悬挂的满月
风雨里驰骋
在这片土地上
涵盖了沧桑和伤痛
我在旷野中奔跑
笑容，弥漫整个天空

遥望白杨

我守望，一条河的走向
承载童年的遐思
与岁月的初衷
我守望，那一棵白杨
倾注大半生的热血
收获纯净与坚强

白杨树叶落了
又长出新芽
岸边垂柳
雨燕来了又走了

转身之后
抖落的风尘
像北国飘落的雪
染白我的双鬓
故乡，还有白杨树
都成了远方
而我，只能遥望

再见，雪山上的界碑

面对这庄严的界碑
去填满雪山的感慨
举起被风霜洗涤过的手
昭示着遥远的未来

在与风耳语的季节
把故乡的满月背上雪山
让虔诚的灵魂守望着
雪莲花的盛开
清寒的月色下
和界碑一起数天上的星星
遥望家乡的妈妈
那灯光下的等待

把青春和念想留在雪山
与界碑说声再见
收起褪色的军装和军功章
静静地离开
叩谢这遥远的空旷
收获一种纯净和坚强
放进诗行里
化作天边一片云彩

第三辑

深秋，我们走进战乱的海地

穿越太平洋的风雨
抵达深秋的海地
炮声过后的黎明
如此沉寂
盛产阳光的岛国
朝阳睡了
四季如春的城市
春天走了
没有总统的总统府
在风中矗立
没有军队的国度
却遍地万国旗

3-1　向任务区进发（右1）

3-2　在海地首都太子港执勤

3-3　在海地太阳城执行警戒任务

3-4　在公安部大礼堂庆功会留影（前排右3）

深秋，我们走进战乱的海地

出征的战鼓
敲醒了我们的七色梦
携带一首难忘的歌
伴我同行
从五线乐谱中
我们选取了蓝色音符
生活的琴弦
弹出边防军人的赤诚
从此
走进了梦的岁月和历史
把希冀和追求一起带入
西征的旅程

维和的岁月
圆着边防军人的强国梦
我们唱着那首熟悉的歌
面对东方长城
在异乡的日子里
我们体会着生活的艰辛
以苦为荣
为和平的蓝图苦苦耕耘
此刻
我们虽然任重天涯路远
可是古老民族复兴的路
就从脚下延伸

2004 年于海地首都

祖国，我没有临别赠礼

因为母亲赋予的使命
我才坠入蓝盔的痴迷
把山谷和高原的选择
引向太平洋东部
叉型的海岸线
把同龄人难以理解的豪情
引入维和军人　规则而又
不规则的生活轨迹

重温昔日猫耳洞的沉思
和不敢忘却的记忆
在漫长的边境线
血与火浸泡的岁月里
匍匐无数个往复的春秋
寻找雕塑倔强灵魂的
人生真谛
用青春的犁
去耕耘红色的土地

远方的山麓
渐渐出现翠绿的松林
吐青冒绿充满生机
往日的情愫
留在南国的椰林里
无数烈日下的磨砺
把汗水和智慧去柔和
练就军人的刚毅

出征的号角又响

整装待命

昂首向前、向前

勇敢地接受战斗的洗礼

该走了，我的母亲

临别儿女无所赠予

只有眷恋和希冀珍藏

再见了，我的祖国

我没有临别赠礼

只有挑战未来的信心和勇气

蓝盔先遣队

题记：

　　谨以此诗献给中国首批赴海地维和部队 30 名先遣队员，献给与我甘苦共生死的战友！

先遣队

从钟楼起飞，划破夜的长空
掠过海中暗礁和凋零的原野
去探寻悬崖高处的秘密
提着刀斧，逢山开路
在风雨中切开夜的荒芜
让濒危的春天复活
使血色的黎明变淡、变蓝
驱散硝烟，直至遍地飞鸽

从触摸橄榄枝上的诺言开始
就把蓝色的使命抱紧
让注入忠诚的血液流经河床
提灯夜涉，遇水架桥
在风头浪尖舒展折叠的阳光
拥抱誓言渡过血色的河流
竭力打开明天的通道
在远方，支起未来的骨骼

送别

握住离别的单程票
紧紧贴在滚烫的胸膛
面对眼含泪花的背影
裹紧内心，低声咏唱
把短暂且善意的虚伪
重重地写在脸上

远征的号声已经敲响
写在旗帜上的诺言
和眷恋，装满了行囊
血与火映上风的影子
也许，期盼的回程票
才能抚慰你的离伤

临别赠物

所有的离别赠物
都是一份期待、一声珍重
不曾说出的话
深锁在彼此的心中

在送行的人群里
我读懂了儿子的目光
送我那个刻有"盼"的茶杯
胜过千万声"珍重"

危岛，血色的黎明

炮声过后的黎明，如此沉寂
短暂的平静，静得让人紧张心悸
坍塌、残垣、血和无名尸首
刻入这城池的心脏，留下痕迹

盛产阳光的岛国，晨雾弥漫，朝阳睡了
四季如春的城市，突显凋零，春天走了
凄风残戟，冷风断剑，悲伤的
弥漫的硝烟，让微笑逃离了这片土地

眺望高楼，在舒展着被压抑的身体
没有总统的总统府，伫立在风中
没有军队的国度，却遍地万国旗
加勒比海的春天被战争谋杀
罪恶埋葬了无数善良、纯真和人心
被硝烟熏红的眼睛，让红尘停顿
停顿在这血腥而咸涩的空气里

挂满悲伤的高楼，在空中摇晃
满身伤痕的街道，痛苦地呻吟
不知怎么的，我突然想起
走在那个世纪军阀混战的日子里
泪流满面的母亲，长城脚下哭泣
我下意识握紧手中的枪，感觉
双肩扛起的肩章那么沉重
我低头，久久注视胸前的国旗

注释:

海地是位于加勒比海北部的岛国，当年总统被迫流亡，军队解散，5万支各类枪支流落民间，战乱连绵，联海团开进海地。

2005年于海地首都太子港

敬礼，五星红旗

今天，你与联合国旗并列
迎着温暖的朝阳
在加勒比海的上空
站到一个特定的位置
让世界读懂华夏文明
展示万里长城的雄姿

普天下的眼睛
将转向停留注视着你
复杂的目光里
流露出惊讶和倾羡
更多的是长叹和沉思
追逐霸权的人们
也许嫉妒你的位置
维和的军人
深知你的含义和价值

义务和荣誉
是你双重的自豪
在硝烟弥漫的岛国
许多维和军人的经历
在你那，会形成无数
世界传送的故事

中国维和士兵之歌

我们是共和国的优秀公民
新一代刚强的士兵
有天真，有憧憬
更有卫国的责任
这才走进军营
描绘灿烂的人生
加勒比海的风雨
洗涤着远方的乡音
一样的需要
一样的豪情
多少紧要关头
血液融入真诚，以天下为己任
自豪吧，军营骄子
自豪吧，维和士兵

我们是共和国的优秀士兵
新型的边防军人
有知识，有水平
更有战士的赤诚
这才跨入维和之门
雕塑倔强的灵魂
闯过东西方的风雨
练就顽强的生命
一样的青春
一样的责任

多少个日日夜夜

异乡维护和平，奏出生命强音

自豪吧，军营骄子

自豪吧，维和士兵

残阳笼罩的太阳城

题记：

　　中立，不偏袒任何派系、不干涉他国内政，是蓝盔部队的首要原则。

太阳城，残阳下的血色黄昏
拉瓦拉斯又牵头挑起纷争
被流弹击中的少妇，倒下了
从枪声的缝隙中传来呻吟
辗转血泊中的孩子，哭喊着
试图叫醒即将离去的母亲

死亡边缘拯救，蓝盔的责任
除了隔离，驱散和收缴武器
客观制约，还能更多做什么
春天关闭了这岛屿的窗户
空气中弥漫着野蛮和血腥
少妇睁眼瞪着，又永久闭上
离开了这个爱恨交加的世界
没有谁读懂，她最后的眼神

注释：

　　拉瓦拉斯前政府军的军人组织。2005 年于海地首都太子港的太阳城

蓝盔，死亡的隔离墙

题记：

　　蓝盔部队的原则是中立和不干涉内政，维和人员的武器也只能遵守自卫原则，危险和死亡伴随！

　　　　伫立在硝烟中的蓝盔，守望在
　　　　死亡和血之间，把战争隔开
　　　　血火边缘的拯救，大声呐喊着
　　　　把橄榄枝伸向焦土和痛苦声中
　　　　滋润那些弹坑边免遭涂炭的生灵

　　　　凭盔甲和意志，抵挡黑夜的枪口
　　　　刀尖上行走，站成隔离死亡的高墙
　　　　给乌云笼罩的村庄，送一个太阳
　　　　和一轮明月，照亮漆黑的岛屿
　　　　把希望，带给每一双渴望的眼睛

在洛杉矶的街道上

我是一个严谨的人
却在洛杉矶的街道上狂奔
五星红旗紧贴着胸口
贝雷帽是我的身份

在彩色的人群里
黄色皮肤格外醒目
引人驻足
就是一道风景
我知道，惊羡的目光
不是给我
而是我身后的万里长城

我是一名维和军人
穿着军装在星光大道上前行
自豪地注视闪光灯
长城黄河就是永恒的背景

在异国的词典里
分辨出多种颜色
让人注视
我是陌生的客人
我知道，自由行走的军装
不仅仅靠我
强大的祖国才是根本

2005 年于美国洛杉矶

在海地，仰望五星红旗

金秋的十月
在东方，是个多彩的季节
古老的国度里
该是童叟欢腾的日子
在太平洋东岸的哨位上
凝视海地上空的红色旗帜
一遍又一遍地
聆听义勇军进行曲
五星红旗下一群黄色脸庞
成为加勒比海的风景
面向东岸
遥望远山的万里长城
致以军人崇高的礼节
敬礼！五星红旗

十二年前
在那桃花盛开的季节
四百名年轻的军人
托起和平鸽
奔赴古老的吴哥大地
中国军人的维和史书
就从南亚王国写起
从此
为和平而献身的士兵
在湄公河两岸传颂
苏醒的巨狮吸引着
无数羡慕的目光

视线变融
来自南北东西

十月的细雨
滋润着一个收获的季节
当那熟悉的旋律重复回响时
我始终凝视五星红旗的升起
每一次拼搏
都是民族精神的充分体现
每一次出征
都是民族力量和朝气的象征
激励着所有华夏儿女
亲近五星红旗
金黄的十月充满诗情
红叶、硕果和清风
我们选择这成熟的季节
连接着历史和未来的旅程
目标和希望都在远方
既然还存有距离
那就只有风雨兼程
在一页页日历上
留下足迹向上攀登
记住"夸父追日"的传说
重塑不屈的民族精神
五星红旗
永远在我们心中飘动

注释:

　　2004 年国庆节作于海地总理府招待处，中国驻海地商代处
在海地总理府招待处召开国庆招待会，海地政要及驻海地各使
节参加，有感而作。

在山路上寻觅

海地的清晨
我与朦胧的梦别离
为那久远的沉思
为那回味的春意
沿着一条希望
而又不知远近的小路
低着头，在寻觅
走向记忆的海边
走向沉思的你

海地的山路上
我在用心丈量着距离
为了一首梦中的歌
为了一个不解的谜
沿着那条已经熟悉
而又不知远近的小路
在遐思，在寻觅
找到一缕沸腾的思绪
找到了我自己
足迹在小路上延伸
思绪也向远方平移

2004 年于太子港临时营地

明天的行程

没有任何预谋的发生
才能算是真正的发生
昨日的磨砺今天的企盼
就是渴望柔情的抚慰
于是乎
突然想起水手的誓词
在寂寞中要有自己的声音
正如在寒带生存
只要自己的血液永远沸腾
学会忘记
不能算作背叛历史
我清楚那是唯一
就此定好前进的方向和
明天的行程

2004 年于过渡营地

彼此的岸

不知漂泊了多久
心海中的岛屿若即若离
不知走了多远的山路
才见别也依依聚也依依
我知道
从分别的那刻起
就有震撼心灵的记忆
脚踏待垦的红土地
整个身心
都融在对方的世界里
你泪湿了我的双肩
流进了我的心里
震撼灵魂是不言的允诺
于是
两双颤抖的手，紧紧握住
从此
走上彼此的岸

2004 年修改于太子港

无声的诺言

横穿太平洋的烟云
闯过东西方的风雨
在异国沧桑满目的土地上
用双手托起和平鸽
让她自由地飞翔

五星红旗下
闪光灯记录的身影
是一种暗示
刻满诺言的红色旗帜
成了永恒的背景
唱起那首熟悉的国歌
晶莹的液体充满眼眶
边防军人的热泪
是一首无词而有情的歌
亲爱的母亲啊
只有您才能够听懂
实践人生价值
敬奉了勇士的青春年华
建树母亲的荣誉
凭借生命和手中的钢枪

划破夜空的旋律
足以成为我们的誓言
让风带去边防军人的问候
无声的诺言
就是用血与汗填写的答卷

虽然前面枪声四起
荆棘重重
我们愿凭双脚走过那
深邃的太平洋

注释:

2004 年 9 月 27 日深夜作于太子港，先遣队 30 人中秋之夜成列于国旗前，合唱《歌唱祖国》，是时有感而作。

秋夜望月

明月当空
和风渐起
秋夜向东久伫立
枪声不断
火光冲天长鸣警笛
大街小巷车少行人稀
是风是雨是闪电
海地中秋充满寒意

一个在东
一个在西
远征岁月是磨砺
同时望天
你看到的是太阳
我见到的明月已偏西
是天是地是海风
异乡过节遐思万里
天还是天
地还是地
仅仅是位置的平移
秋夜望月
难于同时凝视北斗星
就因为时差的变异
是我是他还有你
万家团圆时各自东西

2004 年 9 月 27 日中秋夜作于太子港

五星红旗

今天，你与联合国旗并列
迎着朝阳
在加勒比海的上空
站到一个特定的位置
让世界
了解古老中原的文化
展现万里长城的雄姿

全世界的眼睛
将转向停留注视着你
复杂的目光里
流露出惊讶和羡慕
但更多的是仰面长叹和沉思
追逐霸权的人们
也许妒忌你的位置
而维和的边防军人
则深知你的含义和价值
维护和平的义务与荣誉
是你双重的自豪
从此
太平洋西岸的岛园里
高高飘扬着红色的旗帜
肩起维护和平的事业
成为我们的天职
许多关于边防军人的经历
在你那，会形成无数个
世界传颂的故事

2004 年于海地

心中的赠礼

满腔热情
缕缕思绪
始终，连接着
太平洋两岸的秋季
每个日子
都在心里重逢
虽是来去匆匆
可是，在我们心中
塑造了对方
塑造了自己

2004 年作于海地

起点

新的起点
新的进程
举起燃烧的信念
敲响出战的晨钟
把住希望之犁
在心的天地耕耘
冬天虽然寒冷
可冷期不远就是暖春
冬春都是人生小站
愿每个小站
留给你永久的温馨

2005 年元旦于海地首都太子港

海地的信

我抬起头
凝视西岸海边的你
分别时，我的思绪已经停滞
儿子，此刻的你
是否在细读父亲
来自东岸的故事
在我的诗集里
记录着自己身为人父的失职
二十多年的军旅
出征三次
儿子，此刻又是年三十
就让我在东岸的岛国
为你摘一片红叶
或是写一首长诗
遥寄我的愧疚和相思

2004 年于海地

扬帆

我像海雾中的船
在蓝色的大海远航
职责是桨
信念是舵
思绪就是那长长的海堤
航行的方位已定
我会勇敢地走到底

我是太平洋上的帆
在寻找自然的隐秘
飞越文弱
掠过稚气
向着大地未醒的晨曦
既已扬帆起航
就不再有任何顾忌

2004 年于海地

一块干粮

合同在手
谈判成功
就在返回营地的路上
电台传来急促的警报
海地前政府军人和警察
发生内讧
未明方向的枪声
时断时续
却使人震耳欲聋
前面人山鼎沸道路不通
大家心里明白
我们被困在佛陀山上

挨到傍晚时分
一天水米未进
饥饿难忍黯然神伤
嘈杂的脚步带着人山滚动
哭喊声叫骂声连成一片
萦绕在我们的耳旁
警惕注视周围的地形
钢枪紧握
转进对面的停车场
有人高喊"一块干粮"
寻声而望车座
老天真是恩赐干粮

一块饼干五人共享
载满成功喜悦的车辆
奔驰在返回营地的路上

2004 年于海地

海地商人

睡意蒙眬
天色渐亮
我们清早出发
寻找海地的建筑商
路过没有总统的总统府
人稀车少，遍地伤痕
斗转星移，满目沧桑
唯一不变的是
无数雕塑的空旷广场
此情此景
异乡人异多客异乡之行
备感忧伤

车路弯弯
绿荫掩映
见到高个黑人建筑商
争长论短道出适宜价格
谈东论西，忽左忽右
绝顶聪明，欲擒故纵
商人的狡黠
全球东西南北通用
营建艰难
谈材料谈价格谈工期
讲究质量

成功的谈判

彼此开怀心情舒畅

任务的圆满

就是对劳动的最高奖赏

2004 年秋于海地

爱心守候

寒风渐起的时候
让航船靠近心中的港口
大雨欲来时把思绪放进爱心小楼

踏上茫茫的维和征程
平凡身躯越过硝烟的鸿沟
在刮风下雨的季节
靠意志支撑着真诚的坦露
雨淅沥沥的下风无情似的吼
阴晴易变的西部岛国
满目沧桑的土地被战火烧透
充满坚毅的双脚
踩着艰辛阔步朝前走
年轻的心不会苍老
让智慧和勇气在危难时邂逅
坎坷不平的路还长
凭信仰与毅力去遮风挡雨
唱同一首歌圆同一个梦
雨过天晴时壮志才能酬

风起的日子
举起满是老茧的双手
在山雨到来之前
抚平赤道紫外线的伤口
所有的磨难都来临吧

把住人生的犁风雨也同舟
用心去编织挡风的寒衣
在朝霞与黎明相遇的时候
善良留住真诚的付出
让彼此的爱心长久守候

2005 年于海地随笔

维和勋章

当五星红旗升起的时候
我们迎着初升的太阳
面对遥远的东方高声歌唱
奏响半个多世纪的旋律
在加勒比海上空久久回荡
亲爱的祖国啊
那是远行的儿女倾诉衷肠
歌声响彻云霄
横穿连贯东西的太平洋

在蓝色的联合国旗下
一群黄色的脸庞
在接受"维和"的最高奖赏
异乡烈日腥风里
无数枪林弹雨中的磨炼
赢得珍贵的和平勋章
那是血与火交融的结晶
热爱和平的华夏男士
收藏下民族复兴的梦想

2005 年 1 月 16 日于海地首都太子港

沸腾的思绪

昨天的重复
又隐见送别时的身影
把国旗和警徽别在身上
黑色的作战服
点缀着蓝色的圆形徽章
从戎的岁月
记不清多少次出征
只有不曾改变的乡音
始终陪衬着橄榄色的军装
凭借练就的刚毅
用双脚走出绵延不断的诗行

在人生的履历中
历尽无数相思和眷恋的漂泊
追求着长翅的绿色梦想
异乡依然潮湿的季节
梦中跋涉着淡淡的忧伤
沸腾的绵绵思绪
在儿子的记忆中飞翔
南国海边的油城
爬满思念的绿色广场
不知还有多少庄严的等待
全都洋溢在街旁的灯光下

2005 年于太子港

临别赠礼

——写给同甘共苦的战友

该是道声珍重的日期
彼此找不到合适的话题
该是说句再见的时候
我却拿不出有形的赠礼

在那段亲切而又紧张
不算长也不算短的日子里
留下多少欢歌笑语
和危难中真诚的鼓励
枪林弹雨中抢救伤员
有你矫健如飞的身影
战火绵延硝烟还未散尽时
有你修车换胎流下的汗滴
守着共同的蓝色梦想
奏起锅碗瓢盆的交响乐
孤独时吹一曲家乡小调
寂寞时写一首独赏情诗
虽然都是来去匆匆
可我们结下了深厚的情谊
艰辛而有意义的异乡生活
夹杂着无数灿烂的回忆

该是握手分别的时候
潮湿的眼睛不要哭泣
明天又该去搏击风雨
我们要接受新的战斗洗礼

临别无所赠予

唯有将真诚祝福平和地举起

2005 年回国前夜于海地

心海

有些话不可能重复

可脑海却时常四顾

我很想越过心中那座高山

证明思绪的对与错

人生虽短

每个小站应由自己走过

哪怕荆棘重重

一切都是来源心海

走过太平洋的坎坷

坦然面对自己选择的路

既已扬帆准备远航

我不会顾忌太多

明天的方位在哪

不再考虑对与错

我好早就已明白

人生阅历是取之不尽的宝库

一旦遇到

我发誓不再放过

路遥遥

踏过三百六十五里路
走向海天茫茫的相念处
一身汗水
一路风尘
倾心于你的那一瞬间
就已把未来的责任担负
凭边防军人的信仰
探寻汉唐盛世的强国路
因一片赤诚的心
就已把人生航程注定
走向天涯
不胆怯也不孤独
有心在，你我同行
太平洋也凭双脚横渡

2004 年于海地太子港

枕戈而眠

——写给驻海地联合国军事观察员

紧紧握住橄榄枝上的诺言
穿越弥漫的硝烟
在纷争频繁的焦土上
直视冲突的血色和哀鸣
背负蓝色使命，向前
去拯救濒危的春天

在这里，国际通用的语言
游离于那狭小的海平面
似乎在苍白地表达
这片土地的悲伤和眷恋
经过无数次转述
才能抵达对方的心间

在这里，曾经也有一片蓝天
海涛嘶吼着岸边的艰险
陌生的霓虹灯
诉说着星辰的轮回
月色漂浮，孤帆远影
在街边，看不见熟悉的笑脸

异乡的夜，把白天的喧嚣顺延
月影下翘望大洋西岸的河边
长城的天空步入黎明
黄河两岸，该是朝霞满天
远方的梦呓，拥抱昆仑
静目仰脸，枕戈而眠

第四辑

卸下盔甲，还在路上

初心犹在，伫立风中
于无声处守望
我仰望挂满星辰的天空
寂静遥远，却格外灿烂
让它存放驰骋的岁月里
触动远方的空旷

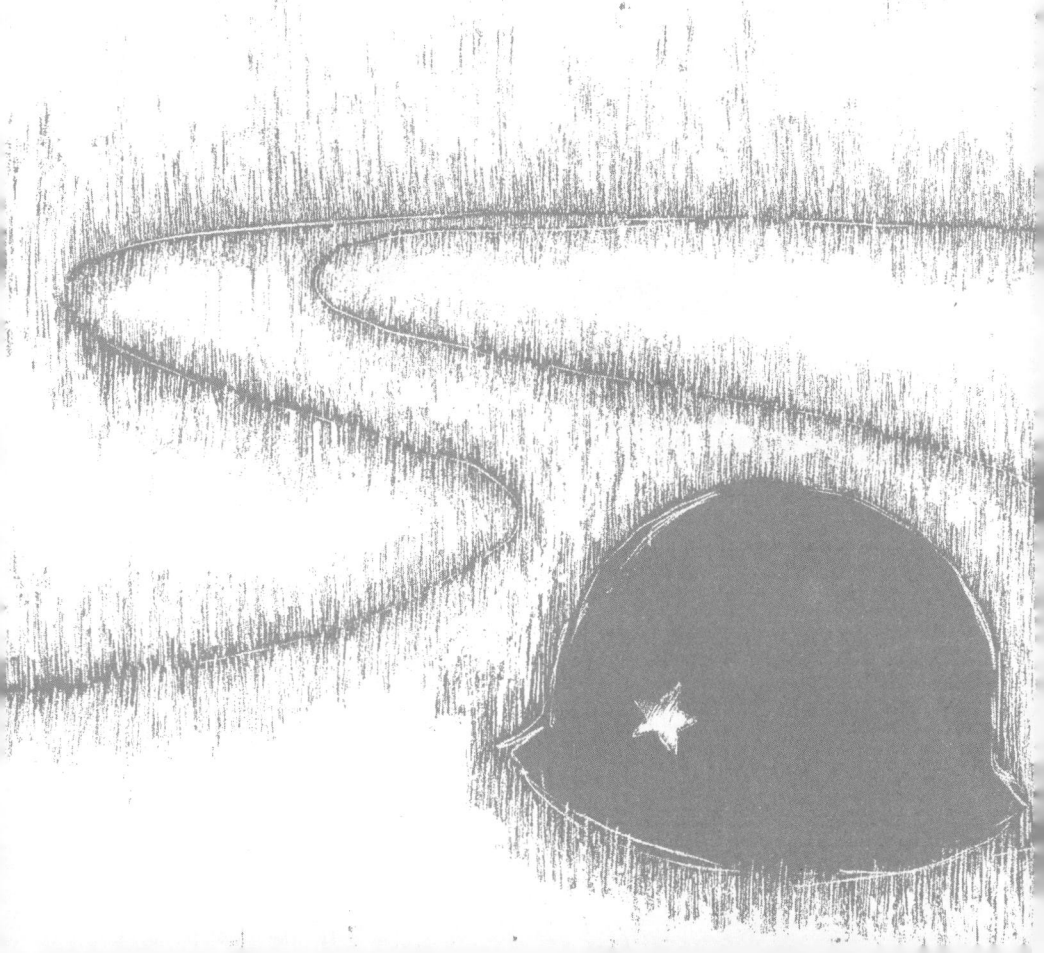

4-1　巡回报告演讲

4-2　在杭州警察学院学习留影

4-3　参加"雷锋纪念日活动"（左1）

4-4　参加广东公安文联颁奖大会（右2）

卸下盔甲，还在路上

界河之上，硝烟熏染的天空
岸边炮声隆隆，在心中
我省略了许多漂浮的事物
接过父辈擦亮的钢枪
刻满忠诚和眷念
呐喊着，破解山河的迷惘
根植于这片土地的热忱
注满血色的河流
像候鸟沐浴南风北雪
以鹰的姿势穿越东西风雨
斗转星移，畅饮风霜
归来时，满身星辰
就把风雨中收获的坚强
尽心放大，取景入框

卸下盔甲，仍在奔跑的路上
以另一种姿势匍匐在盾牌中央
细心擦拭每一个匆忙的日子
无意刺痛复杂的目光
就把盔甲的光环和弹痕
连同朝霞和夜色一起包裹
安放在旅途驿站
初心犹在，伫立风中
穿行在无垠的旷野
于无声处守望
我仰视挂满星辰的天空
寂静遥远，却格外灿烂
让它存放在驰骋的岁月里
触动远方的空旷

绿叶辞 · 教官颂

——致警院教官

以教师和警察的双重身份
凝聚，像一朵朵白云
投影到盾牌的中心
把忠诚和守望相互糅合
雕塑成一道道重叠的风景

借三尺讲台，拨响智慧之琴
为青春沐浴，让它发声
走近每一束期待的目光
解惑，破解昨日的迷惘
托举每一个笑脸，拾级而上

站在风的背面
看到每一个梦想的葱郁
闻到每一朵花的芳香
风中抖动的每一片绿叶
都寄予无限的深情

如今啊，又到一个美丽的日子
花开遍地，洒在云端的豪情
率先抵达，与诺言靠近
在群星灿烂的天空
默默守望，甘为一道背影

2019 年写在第三十五个教师节来临之际

卫士是母亲赐予的乳名

紧紧地，偎依在母亲的怀抱
伴随那温柔的呼吸
去浪尖，触摸这时代的浪潮
伫立在河流的风口
风雨中守望，千帆竞发的航道

平安使者，是百姓期待的背影
忠诚卫士，是母亲赐予的乳名
珍视这深情的称谓
更替季节，旋转星辰
重叠的脚印，在土地上延伸

那一抹鲜红，是朝霞
点燃之后，升华的火焰
那一片深蓝，是践行者
用忠诚凝结的誓言
豪情万丈，日复一日年复一年

我知道，您在期待什么
阳光普照，岁月静好
亲爱的母亲啊，我唯有
沿着旗帜的方向奔跑
在炉火中，让激情反复燃烧

注释：

　　诗中的"我"是"泛指的我"，喻指一个群体。"人民公安"或"人民警察"是本名，而"忠诚卫士"则是人民给予的称呼，是祖国母亲赐予的乳名。

血色桥梁

——写在"英雄广场"落成之际

从五百里绵延的井冈山
携带一道彩虹
从红都瑞金的红土地
捧一把星光
穿透岁月，穿越河流
安放在红棉的故里
积攒所有的热能和光亮
点燃岭南的天空

躺下的，仍然是一段城墙
红棉花开时，都有对应的名字
记录下承诺的信仰
站着的，并非局限于念想
把远去的背影，逐一拉近
那是一种传承，一种崇尚

在英雄的广场上
聚集着，与历史对接的目光
涂满眷念的红色雕塑
是不倒的山峦，是血色的桥梁
也是一种力量
承载昨天，连接未来
在桥梁的两端啊
一端是辉煌，一端是新章

路过秋的房间

告别高原，鸽哨渐远
高处的雪莲还在风中摇动
背影坠入谷底
回眸山岭熟悉的界碑
渐渐变红的枫叶，告诉我
午后的阳光，走近秋天

路过秋天的房间
举着旧式灯盏
土墙上的壁画，已经滑落
从墙缝中挤进的落日
在黄昏，留下的那些重影
叠加着呓语和谎言

云变淡，能否长高了蓝天
水变瘦，能否矮化桅杆
仰望苍穹，满天星宿
风硬了，薄了衣衫
撕下一片彩霞做风衣
随秋韵，以风为马

背着斜阳的雁阵
闪动双翅，掠过流年掠过梦
掠过长风的眼神
蓦然发现，柳笛虽停顿
归于平静的海岸
怀揣着雁鸣，还留在关山

踏雪的行者

告别盛夏之后，穿过秋霜
轻轻放下，驼在背上的月亮
风起的时候，伫立
目睹蝴蝶在疾风中起舞
散落的树叶，飘荡着
寻找久违的故乡

站在彩云之下，远眺
那布满霞光的天空
透过折射的一丝光亮
一条山路上，跋涉的背影
奔向辽阔的空旷
卧雪饮冰，热血未凉

胸腔，依然滚烫的血液
散发的热，连接每一个路口
连接着每一个梦
窗外，连绵又间断的记忆
把策马驰骋的岁月
一遍又一遍梳理

深秋时节，肆虐的风与雪
似乎比往年来得早些
覆盖了河流和迁徙的路径
提一盏灯，划破这沉静的夜
独步的行者，踏雪前行
整个世界，为之苏醒

回眸之后

如果执着的青春，陷落沙漠
那些突显韵律的脚印，遇风即平
如果专注的足迹，只留下
跋涉的节奏和自我风干的伤痕
就把风骨挂在胡杨树上
回眸之后，寻找升华的激情

风从河边来，又回河边去
阳光掉进河水之中
入秋后，离春很远离冬却很近
杂草的音色，模糊了背景
掠过头顶的云，来自故乡
远方的秋，已把岁月的乐谱平分

界河边拥抱的月光，已经退去
焦土尘埃落在伤痛的肩头
透支的心，风声已紧
拨开遮眼的浮云，归于平静
站在风轻云淡的位置
倚窗，听风听雨听大海的声音

人在旅途，零星的日子慢慢沉淀
理顺中重组，舍弃后归零
让风的思考更加自由
让土地的愿望更加持久和深沉
燃烧吧，那也是激情的音符
重叠脚印，放下即为重生

春风，于清晨抵达（外二首）

春风，于清晨抵达

一缕春风，于清晨抵达
自北面而来，一直向南移动
轻轻的，沿着珠江的走向
注满了江岸的整个天空

尘埃沉底，绿意回升
激活这片土地固有的热情
许多巧手和匠心，专注
去筑梦年华，把山峦点亮

捧一把风，种子在手中开花
次第的森林、灌木和草地
让回归的小鸟，在枝头
尽情的，去摇曳葱郁的春天

佛灵湖，莞邑的眼睛
目睹着土地的喜悦和过往
收集风的絮语，关注着
山的纵横，以及河流的走向

一面镜子

莞香飘逸的土地
万物，沐浴在春风里
像一本日历，挂在墙上

让风，翻阅激情岁月
时间的痕迹，日新月异

昨天成为今天的背景
今天是明天的序章
老莞人、新莞人
在匠心的位置站着
站成了时代的一面镜子

一片海

把"双拥城"的门打开
就让春风和阳光一起进来
山溪流淌，河流奔腾
相互交融，汇成一片海

雄鹰在天空飞翔
雨中的黄牛，在默默耕耘
感受到阳光的柔和
花草和树木一样伫立

蓝天之下，阳光正照着
迁徙的鸟没有离愁
只要向阳，花就依次盛开
风在雕刻彼此，越来越相似

站在珠江岸边，垂柳
把那份归属，托付蓝天
眺望穿梭的背影，升腾的
海面，已经千帆竞发

也许

也许明天，穿袈裟的都是一心向佛
让慈悲的灵魂，在风中传播
也许明天，转经筒的都在真诚祈祷
天空白云朵朵，大地祥和

也许，每一个抚摸月光的背影
没有别离，披挂星露
也许，每一段抖落星辰的足迹
没有空白，不被风尘浸染

远山的钟声绵延，不再空响
井下的青蛙停止悲鸣
骏马奋蹄，能在心的草原驰骋
雄鹰在天空，自由高歌

那一刻，春天的花尽情开放
雄鹰的眼神没有悲凉
那一刻，经书和笑容一样干净
翻阅蓝天云朵，大地祥和

猩猩

——动物园棕熊咬人事件有感

也能发出似笑非笑的声音
仅仅是模仿人的表情
直立，足以暴露先天的缺憾
离不开外物的支撑

勉强与人对视
那些算不上真正的交流
或为一截玉米
或为一块烤熟的红薯

在喧嚣且浑浊的世界里
除了欲望还有勇气
多疑、贪婪和排斥的心
永远不会和人靠近

直立行走，只为获得
迟早还会恢复爬行
一旦满足虚荣
回归兽性，露出狰狞

樱花的梦想

满山的樱花，遇风而开
树下的游人成海
每一朵樱花的梦想
看到树下的笑脸
每一个游人的梦想
就是看到樱花的盛开

此刻，思绪已经停顿
此刻，脚印重叠
就算陌生的人
也不想惊醒你的梦
静静地等待
让每一朵花都开完
让每一颗心都敞亮
陌上花开，温馨成海

倒序的脚印

坐在车内的，射出不屑的目光
检索着，那些迷茫的背影
相互倾轧之后，留下的脚印
住在楼上的，俯瞰交错的道路
携带着层次感的那种神情
洒落在林荫大道的两旁

海水倒灌，街道已经扭曲
两侧的路灯在风中摇晃
田间的韭菜割过一茬又一茬
所有的语言都很现代
只是动作夸张，有些复古
脚印模糊，暗潮涌动

夜幕来临时，聆听脚步
从深山大庙腾云而来
从乡间旷野跋涉而来
也有弯道超车逆袭而来
拐过河道，翻过群山
或沉重暗淡、或轻便明朗

带有怨怼和纷争的风
沿着山的脉络、河的走向
倒序的脚印，退往山林
感触到大地的疼痛
又惊现，伤感的落寞的祖先
茹毛饮血、刀耕火种

赴宴

我，收到的体检报告
清晰正常，没有"三高"
却始终，对酒精格外过敏
我惧怕别人酒后的谎言
怕谎言之后的喧嚣和放纵

我，没有洁癖或孤傲
可以吃素，也可以吃肉
却渐渐排斥应酬
虚伪的微笑和寒暄之后
没有光，自己的影子也会溜走

儿时的伙伴除外
他们记得我的胎记和生日
共过生死的战友除外
他们熟悉我的笑声和伤痕
那些没有堕落和贪念的人除外
无所谓有或是没有

我会穿着整洁而得体
我会穿上儿时羡慕的球衣赴宴
我会穿上泛黄的军装赴宴
一碟小菜一份乡情
一声问候一口老酒
把心擦拭，可解乡愁……

隐形之贫

风速过快
来不及，向厚重的日子告白
吹皱了云彩折射过的阳光
满地的碎银泛着尘埃

低于海岸的头颅
摇晃着，渐渐被海水淹没
羽翼架着空壳漂洋过海
只留下，蹒跚的等待

貌似奢华的天空
穿梭着，骄纵的傲慢
遍地喧嚣躁动
触摸不到，那谦逊的质感

风还在提速
华丽覆盖住缺血的心脏
锈蚀的肉体提前到达
而灵魂，始终游离

风蚀过后

渴望风，透过城墙
让每一个呓语成为梦想
就像沙漠渴望一场雨
掩埋干涩和贫乏
滋润驼铃声中的胡杨

流浪的风，似乎偏离方向
满地的碎银泛着白光
貌似奢华的傲慢
如过江之鲫，却不见
甘于谦逊的教养

短暂忘忧，喧嚣放纵
春花已在冬天开放
摩擦的云朵产生隔膜
翻阅着残骸，浮华背后
流露出腐烂的皮囊

风在提速，路还很漫长
穿越风蚀过后的天空
许多肉体提前到达
曾经充满质感的灵魂
却蹒跚在路上……

逆风而行

世纪飓风的匆匆来临
划破了这片天空的宁静
狂风肆虐，席卷乌云
迅速吞噬阳光之下的温馨
只留下大地沉重的心思
在风雨雷电中翻滚
循着万物退隐过后的足迹
涌现一群逆行的背影

此刻，迷茫的坍塌的路
咆哮的风在摧枯拉朽
倒塌和撞击的声音
仿佛触摸到这世界的尽头
许多未知或者可能
在风雨飘摇时黯然等待
背负使命的那一群人
勇敢地穿越

灾情就是无声的命令
看得见藏蓝色穿梭的身影
危难就是出征的号角
听得到迷彩服奏响的乐章
在漩涡中，用生命守望
那即将被风雨侵蚀的繁华
风雨虽无情大地却有爱
总有彩色的音符在跳动

镶嵌在河山的脚印

用乡愁去呵护着乡愁

用坚守去护卫着厮守

风雨中伫立无数的脊梁

散发出意志和灵魂的光亮

刺破乌云卷来的忧郁

迷茫和群山的摇晃

在顶风逆行的背影里

又隐约可见晴朗的天空

注释:

2018年9月16日世纪风王"山竹"袭击广东之际随笔

蜗居

无从考究，何时开始
隔壁变成洗车店、美宜佳
一条悠长寂静的小巷
顷刻间，躁动喧嚣
买卖的声音此起彼伏
穿过医院的走廊
在学校的操场做短暂停留
转而直下

此刻的天空比往日拥挤
风雨中，每一次声响
就有一片枫叶飘落
秋天还没有真正到来
洒落的树叶，迎向天边彩霞
一些不可能的事物结伴
倔强地，在疾风中行走
寻找各自安放的家

一觉醒来，蜗居变窄
就把目光移向窗外的街头
听，那鼓角齐鸣
看，那彩云追逐
在群山的注视下，放着牧歌
屏蔽烟雨灌满的日子
去掉诗歌页面的广告词
一面抒情，一面言志

红叶穿过风的伤

风起时，雨也不曾停过
难于省略的季节骄奢争逐
背上包裹好的炊烟
在迷雾中匍匐
与风耳语，和雨相恋
烟波上的崎岖
漂泊着梦呓中的伤痕
一缕淡淡的乡愁
伴随几片落叶
在空旷的原野洒落一路

枫叶红了，候鸟路过
远山的白是时光的脚步
流经暗淡的河流
横溢着来自夜色的落寞
尘埃未染，穿越荒芜
红叶穿过风的伤
把枯草和虚度包裹
伫立山脚下仰视
不曾停留，上山的路
每一步，都是向上虔诚摸索

别惊醒旁边的忧伤

颤动的心，分成左右心房
左边装满鲜花和勋章
右边挂着旅途和夜的沧桑
囊括五味，行走在路上

冷风凝霜，跌落山谷
别问出处，还有更低的仰视
伫立在脚下的土地，守望
修其身而不倒下，地球引力
见证你，还有足够的重量

灿烂阳光，登顶而望
别喧哗，彩云之后还有远方
星星悬挂在夜空，守候
济天下而不张扬，静止屏息
轻轻的，别惊醒旁边的忧伤

回眸仰视山顶的古松

地球转动，受光面不尽相同
温差、气压，移动成风
风走过的蹉跎岁月
留下无数斑驳的空洞

起风打坐的日子
都在虚拟的空间膨胀
霓虹灯下，广告塔渐渐升高
默念的广告词越来越长

匆忙中，低头赶路的人
疲惫地附和斗转的星辰
夜幕中，心却慢慢变得消瘦
依靠意识的支架去支撑

在山河迷惘的季风中
回眸，仰视山顶那棵古松
又发芽吐青，长出新枝
填补裸露的灵魂，抚平空洞

没有预谋的遇见

依托山势，兜兜转转
那是山溪久远的彷徨和依恋
在青翠的山谷，在竹林里
把自己清纯的笑容
挂满树枝，和杜鹃一起
映衬着蓝色的天
透明如镜，囊括山的质朴
出山前，给世界一张清纯的脸

下山，是为没有预谋的遇见
期待着，万紫千红的春天
相遇于风，相遇于雨
相遇沙尘暴，相遇风火雷电
腐烂的落叶漂浮在水面
撞向满目疮痍的堤岸
犹如历经沧桑的醉汉
茫然着，想找回清纯的童年

沙漠的眼睛

一路往西，二进戈壁
三色堇反季，花开柔和的宣言
四季不再分明，胡杨奉献青春
五更寒六出冰花，砸痛了沙漠的脸

七零八落，留下昨日的伤感
九鼎一丝，拯救陷落的春天
十里长亭，驼铃翘盼绿色和炊烟

百里外，洞察惊悚的贫瘠
千疮百孔的沙漠，风已无声

万幸，那不是尘间无数的陷阱

峡谷那扇虚掩的门

划分南北的那条河
穿过峡谷那扇虚掩的门
马帮和武当道人轮流值守
坐看一线天的流云
彼此不停吹颂着，那些
与花草树木的恋爱
或者午夜的无病呻吟
把生活的碎片抛向天空
化作凡人不解的咒语
宛如古寺悲鸣的钟声

峡谷，那扇虚掩的门
门帘上挂着虚荣和膨胀的心
穿梭着虔诚的背包客
雾里看花，醉眼蒙眬
本是凡尘最后一点纯真
却退化了担当和责任
这峡谷，犹如千年枯井
只有蛙鸣和啼鸟声
漠视外面的世界
按标示线路往返穿行

古刹，重叠的脚印

香客如织，手捧厚重的日子
把躁动的世界背上山顶
让点燃的香火去熏染
把路的迷茫和忐忑
扔进香炉焚烧
求得这片刻的宁静

举起的那份虔诚
覆盖住骨髓中的欲望
足以超越尘世间的亲情

浸染着檀香的泥土
漫遍重叠的脚印
记录着无数躁动的心
从这挣扎流动
古刹的钟声
宛如地下发出的悲鸣

其实，地偏心正
一切美的期盼藏于心中
睁眼是凡尘，闭眼是仙境

邂逅遛鸟的老人

窗口，对着公园的转角
遛鸟的老人每天经过
风雨无阻

偶尔我也晨起散步
偶尔也会和老人邂逅
偶尔听老人谈起海外的儿子
偶尔老人的手机也会响起
笼中鹦鹉，聪明伶俐
附和远方流浪的脚步
学会了老人的自言自语
学会了远方的问候
学会了喧嚣中的对话
学会了深沉的叹息

鹦鹉虽能学
却不懂思念的轨迹
鹦鹉虽能言
可不知所言之意

没落者

自视精通语言的觉醒者
衡量世间的对与错
圈一方地，垒砌笆篱
制造空洞和黑色的湖泊
把已经没落的借口
镶嵌在黑色的披风上
涂满神秘的权杖
圈圈点点，星罗棋布

自诩深谙地狱的没落者
洞穴是理论上的归宿
眼神迷离，故作神秘
编制扭曲和时空的乱流
把美丽的古老文字
刻上桃符，念成咒语
让善男信女茫然着
误导无数虔诚的信徒

随风而动的目光

转动硝烟熏染的年轮
匍匐着爬上雾中的峰岭
长满老茧的手，轻抚竖琴
奏一曲阳春白雪
掌声从风中来，又随风飘零
闪光灯留在花瓣上的印痕
让疲惫的耳目失去灵性
不知哪声最纯，哪音最准

抖落征途一路风尘
俯身走进夜幕中的海滨
梦里长啸时的那种呐喊声
哼一遍下里巴人
复杂的目光聚焦，又洒落
似乎又回到夜的陌生
能触摸到风中的手
深知哪双最暖，哪双最冷

油灯下，也许看得更远

远离儿时的那一片蓝天
萎缩的日子慢慢变暗
面对熟悉却是陌生的人
穿梭于市井之间
用假笑和虚无做着买卖
廉价出售灵魂或伪善
流沙从指缝中渐渐消失
只剩下生命的底色

盼着黄昏来得早一些
用另一个身份走进夜色
面对陌生而又熟悉的人
油灯下，阅尽沧桑
替古人和远方分担苦痛
或喜怒哀乐，或风花雪月
也许，油灯下看得更远
亦近亦远步调如琴瑟

牧马人孤独的江湖

甲骨文出现之前，人在迷途
仓颉造字带来跨时代的进步
是非曲直的辩论加注沧桑
正是对人类原罪的一种颠覆

牧马人，栖息在天边的草原
套马杆触及的地方成为江湖
披星戴月，风霜落满双肩
马背上抚琴，风中饮尽孤独

把远方和虔诚同时举过头顶
苦心寻找安放灵魂的归宿
把蓝天当纸，就让彩云着色
风中等待草原的一声祝福

梦里舞剑长啸醒来却孤寂
尽全力倾所有将它守护
在冬季的路上去品味春光
牧马人，独守自己的江湖

留白，别让命运太拥挤

似是而非的名花盘踞在街边
伸出手，摘取行路人的眼球
城市和乡村的路，从此拥堵

仙人掌随驼铃沐浴大漠朝霞
阳光下，就和蓝天轻松对话
伴白云去填补那荒漠的孤独

美丽的空旷，远离城市嫉妒
话尽千年沧桑，与胡杨同宿

名副其实的纯钢寒水里淬火
狂热中，从没有骄横的宣泄
冷静中凝结，铸进千家万户

风雨不定的季节，杂物漂浮
别让峡谷里邪风吹瞎了双眼
别让界河里酸雨淋湿了耳朵

留白，请你别让命运太拥挤
找准方位双脚把太平洋横渡

石榴树

屋前那棵石榴
歪着脖子伸向门口
长出沉闷的叶子
包裹着流血的果肉

在暴雨横行的季节
遮断了我的视线
进出自由的门
还要低着高傲的头
徒有绿色的外衣
却不见银杏的俊秀
依窗临门而立
让阳光难以逗留

在下班途中

宝马车重复播放着《好汉歌》
超高音量显示着焦躁和不满
随歌声飘来的，除了愤怒还有
口水、烟头和喝剩的红牛罐

路过机关宿舍楼的围墙外
天空下起夕阳雨，漂浮着
菜叶、塑料袋和异味的花瓣
楼顶浇花女人，笑容依然灿烂

路边，红领巾和橘红马褂
忙碌着，拾起宝马车的情绪
女人的笑容和城市被刺痛的心
广告塔，然像巨大的问号
在机关大楼对面的山腰呢喃
反复追问，城市素养与谁有关

注释：
　　橘红马褂是志愿者的标志服。

2016 年 12 月 15 日于书屋

归零计划

刻满年轮的船，在云海航行
年轻的水手被狭小的空间决定

从炙热的肉体到忠诚的灵魂
从严格的服饰到缜密的言行
裸露的心，不停地颤动
俯下身匍匐着向前方靠近

成堆的鲜花散发着诱人的香味
排列的军功章发出金属的声音
船靠码头，流落的心已疲惫
把褪色的制服和心绪叠起
放进衣柜，留在昨夜星辰
卷起历史的画卷，让心归零

明天起，屏蔽所有自豪和伤感
天亮时出发，放飞疲惫的心灵

残春

题记:

　　禅悟: 眼睛看到的世界, 应该用心去体会!

春风吹撒满地的落花
夜雨灌满一江的春水
心里缠绵的季节
藏匿在深邃的江底

洒落天际的彩色花瓣
悬浮在江边高楼的眼前
装点这躁动的世界
昨夜的那一场春雨
制止了这土地的狂热
固执地流动在心里

落花装饰着流水
移动而空泛的景色
塑造了渺茫的对方
却失去了自己

风雨汨罗江

几乎所有的江河向东
迎接太阳冉冉升起
可你从修水出发
反其道，自东而西

逆向而流的汨罗江啊
婉转绵延数百里
河堤排列着诗人的忧伤
汇聚《天问》的泪滴
昏暗潮湿的庙堂
让你陷落于江湖的妒忌
真的不希望，只有五月
人们才能把你想起

洞庭湖不是你的归宿
挣扎着，迂回向前
让浸透忠诚的血液
缓缓流向崇尚你的大地

注释：

修水是江西修水县，《天问》是屈原的作品。 2016 年于
湖南汨罗。

纳木错湖边的祷告

那根拉山口缺氧的天
包裹了我对高原的思念
曾经活跃的思维已经停顿
激情难现苍白的脸

静静坐在纳木错湖边
蓝天白云漂浮在我眼前
白发苍苍的高原与湖水相拥
倒影在湖水中间

沉醉在神秘的空旷
就用天湖的圣水洗去尘土
那份虔诚却躁动的心
已经停留在高原的圣殿

祷告，这纯净的高原
与繁杂喧嚣的城市相连

转左转右（外一首）

赶着马车，或开着奔驰
穿过郊区绿道绕环岛
转右是地狱，转左是天堂
直行，可能沧桑却为正道

红尘，介于地狱天堂之间
阴晴圆缺悲欢离合的歌
穿过岁月唱了很多年
余音还在城市上空萦绕
彷徨中，被雨水淋湿的心
不知冷却还是躁动的燃烧

天堂是知足者的天堂
地狱是盲从者的地狱
在天堂和地狱的结合部
就看你的车，方向转动多少

不夜城

穿过多次往返过的隧道
撞开了不夜城的那扇门

选在自己熟悉的座位
急不可待地细数着筹码
红色的，好像自家屋顶上
涂抹半生血汗的红瓦
就在两周前，房主已变更

祈祷，奇迹在今夜发生

出门时，又是两手空空
眼前一片漆黑，一阵凉风

灯光的诱惑

远方的那些灯光
其实是一种诱惑
就为辨认飞翔的方向
你被深深陷落
想不到，那光不是月牙
死亡铸就你美丽的错

脚下的那条柏油路
成为了你的失落
奢望铺满云彩的殿堂
你被夜色层层包裹
不知道，有油的地方很滑
悲哀正融化昔日的傲骨

不知而为者不是过
你燃烧了自己的执着
知之而为者该是错
你迷惘了一条不归的路

最美的事物

最美的旋律
就是风雨击打的节奏
拯救枯萎的事物
在紧要的时刻
向前，挺身而出

最美的声音
就是让光明尽情传播
大地一片祥和
灯光和阳光一样明亮
闪动，把夜吹落

站在冰层覆盖的台阶上

低着头爬山，每一步都向上
抬起头下坡，注视前方
风雪覆盖的旅途
曲径幽深，拾级而上

在台阶上，身披四面
钦羡的仰视的目光
在台阶下，俯视的眼神
包裹着迎来送往

站在风雪覆盖的台阶上
无论哪一级台阶
都在颤动的风中
只有平视，看清自己
关注每一棵小草
关注每一片落叶
来时的路，明天的风
即使孤旅，没有迷惘……

踏雪前行

告别夏，穿过风
放下驮在背上的月亮
在深秋的季节
目睹蝴蝶在风中起舞
只有卷起的落叶
随着寒风漂荡

彩云之下
阅读镶嵌霞光的天空
透过折射的光亮
在路上，跋涉的背影
饮冰卧雪，未凉热血

这季节，肆虐的风雪
似乎，比往年早了一些
覆盖住河流、山川
还有曾经的绿荫
当我踏雪前行
整个世界，为我苏醒

秋天的雨

——写给雨中行走的人

风起时，冷暖自知
出海的船放下风帆，靠岸
把起点和终点糅合
目送大雁渐渐的远去

秋天的雨
淋湿了蝴蝶的翅膀
被风吹散的落叶
堆积在台阶上
覆盖昨日青春的礼遇

许多人低头
俯视脚下的泥泞
我选择仰视远方的天空
乌云的缝隙中
透过的一些光亮

阅读风雨

一缕风，在空中流放
吹拂垂柳，梳理那杂乱无章的柳枝
一场雨，倾情而注
洗涤睡眼蒙眬的天空
我在胡杨树下阅读
雨的长情，风的形状

风雨过后的阳光
让小草和山峦一样伫立
让花依次开着
把花香还给草原
把洁净还给蓝天
孩子和小鸟一样歌唱
把笑容留给童年
赶路的人啊，奔跑吧
把脚印还给远方
把乡愁还给故乡

我在海岸线上，守望
雨的长情，风的形状

诊室随想

别以为自己多么坚强
就算一次简单的热伤风
也会让你前行的脚步摇晃
前额冒出的汗珠
晶莹剔透，无所顾忌
尽情地，沿着脸颊流下
似乎在诉说
风中梦想，雨中感伤

别以为自己多么坚强
一直在山地和平原往返
峡谷的出口处
似乎嘈杂喧嚣
听不清何种声音
高山流水、叹为观止
一会低迷，一会高亢
喧嚣的地方
滋生细菌
很容易引起过敏
有油水的地方
产生霉腐
容易滑倒
天下行人，小心慎入

这个时候，不需要坚强
低下头，与医者交谈
这个时候，不需要坚强
可以感悟，可以忧伤

默守长夜的风
照亮夜归人的小巷
掩埋自己孤独的梦呓
把卑微的光亮悬挂夜空
聚集温馨的祝福
伴你入梦

5-1 参加纪念中国共产主义青年团
成立 85 周年大会（前排领誓者）

5-2 参加中国少年先锋队纪念大会（左 1）

5-3 参加东莞市杰出青年代表大会（右 1）

5-4 参加广东省第二届英模代表大会（右 1）

雨夜，我是街旁的路灯

在远离闹市的小巷伫立
与风雨中的黑夜抗衡
照亮那无言的天空
燃烧着积攒已久的潜能

在乌云遮住视线的夜晚
与远逃的星星不存在纷争
目送着夜归的行人
回到高楼深处的底层

雨夜，我是街旁的路灯
为你在寒冷的风雨里苦等
把孤独填满自己的梦呓
把卑微的光亮悬挂夜空
让温馨的祝福
伴你入梦

让心飞越高原

穿越寂静的山谷
我在蓝天白云中沉浮
被酥油灯点亮的心
就陷落到高原的旅途

端坐在白云的肩上
我无须仰视蓝天
却可以俯瞰脚下
雅鲁藏布江的河谷
置身于高原的那种感觉
隐藏在密林深处

远离城市的喧嚣和繁杂
我是虔诚却迟到的信徒
是高原悲悯的感召
走近你的身旁
走进你的心里
去守望人类最后的净土

志愿者

——写在出任志愿服务形象大使 10 周年之际

从举手宣誓那天起
心中就升起一面特殊的队旗
清一色的橘红马褂
把爱心和真情注满大地

无数双热情的手紧握着
连成一道风景线，靓丽无比

从此，这世界渐渐变暖
渴望受助的人不再孤寂
爱心献社会
真情暖人心
一起，一起把心捂热
让热传递

面对戈壁的祈祷

风尘中，我想读懂戈壁的迷茫
让跌倒的胡杨迎风而立
星光下，我想解析古城的彷徨
让坍塌的城楼拔地而起

透过沉静的空旷
我祈祷戈壁，花开遍地

假如，我是一峰骆驼
就从大兴安岭出发，自东向西
抵达天山脚下，跋涉三千里
每一个脚印，种一棵绿树
每一声喘息，开一束鲜花
连成一片汇聚一起
化冰川为春雨，让绿色
穿透大漠千年的沉寂

我祈祷，这苍茫的戈壁
绿荫绵长，花开遍地

雨中海棠

季风在天空荡漾
唤醒满院伫立的海棠
诉说那遗失的春天
眷恋的忧伤

在潮湿的日子
峭立蒙蒙细雨中
艳丽的花蕾楚楚有致
面对山峦苦诉衷肠
预示春天要走
走得如此从容大方

温暖的海棠花
笑傲世俗的芬芳
伴随街旁路灯
迎接明天的朝阳

背竹篓的姑娘

题记：

　　为筹学费卖山货的姑娘，捡到钱包，为等失主苦等到天明，这是一种令人惊叹的纯朴，一种令人感动的善良！

　　　　她的善良，在骨髓中定格
　　　　源于传承的山峦
　　　　来自祖先的旷野

　　　　贫困的夜色，包裹全身
　　　　背着竹篓出山的时候
　　　　与山外的喧嚣相遇
　　　　被叫卖的声浪淹没
　　　　夜幕降临，她把纯朴抱紧
　　　　守护着失主的钱包
　　　　苦等到天明
　　　　那是纯净的天空
　　　　无瑕的夜

　　　　没有什么，可以侵入干净的灵魂
　　　　摘下两片彩云
　　　　贴在疲惫的脸颊
　　　　从内心绽放出光彩
　　　　她的善良
　　　　来自无垠的山野

远秋，我是一片红叶

嫩芽在冬雪里蛰伏
让青春的音符挂满树枝
当春天赶来的时候
映衬着红花开满山野

夏雨穿透山峦的目光
目送硕果离开苦恋的枝头
在靠近太阳的季节
呐喊着，在风中摇曳
我踏着秋韵的旋律
守望那片迷茫的秋色

清秋，我被秋阳熏染
霜天冻成红色枫叶
也许明天又被秋风剪下
飘落到偏僻的旷野
同样可以温暖一个角落
轻抚安详的夜

雾里，我是漓江的渔舟

题记：

在自己最美的季节，点亮别人的心；在人生低谷的时候，点燃自己的圣火！

两岸山峦的叠翠
那是春天的影子逗留
倒影在江中
红帆乌篷在山峰上行走

雾里，我是漓江的渔舟
在江面上漂游
穿越迷雾的蒙眬
寻找那两江的源头
江堤上的凤尾竹
挂满了雨燕的呢喃
风悠悠雨也悠悠

夜里，我是漓江的渔舟
满载渔夫的欢喜和忧愁
让疲惫的心
停靠在夜幕的滩涂
用指尖拨弄流过的日子
抖落一身风尘
驮着明天向前走
哪怕风急雨骤

荷塘，我是那朵睡莲

阳光下，我是那朵睡莲
微风中浮在水面
让青春尽情绽放
点燃一潭碧水
在淤泥中吐尽芳华
扬起那清纯的笑脸
与太阳有个约定
双手撑起一片蓝天

夜幕中，我是那朵睡莲
旅途遗失了昨天
就为抵御黑暗
把心事藏在闭合的花瓣
昼舒夜卷
把历史的情怀收敛
珍藏不曾污染的灵魂
游弋在梦的湖面

涟漪荡皱了我的梦
沾染了世俗的尘埃
如果可以
我想触摸蓝天
在离太阳最近的地方
守望千年

我路过，绝不惊醒你的梦

用最低调的颜色
奢华地覆盖着世界
唤醒大地最初的启蒙
白雪飞舞着生命的双手
去掩饰地貌的丑陋
水已静山似无棱
我知道
这是你的追求你的梦

用坚强穿透冬天的寒冷
向着太阳的方向前行
我只路过
绝不惊醒你的梦

月牙泉的传说

被流沙风蚀千年
就变成沙漠的眼
那是党河沧桑的泪
遗落天边

祁连山的忧愁
在岸边胡杨树下流连
孤独的绿岛
被绵延的沙海包裹
只有一潭圣水
守望着明天

在这千年的丝绸路上
寻找着森林的足迹
远方的驼铃声
又回响在耳边
你虔诚地守候
这片深邃的荒凉
疲惫地滋润一个角落
去掩盖大漠的孤烟
把万丈豪情
平铺在阳光下
让变幻的剪影
刻在沙丘上的蓝天

一生忠诚
亘古不变

人生之喻

如果人生是一次旅行
就有相似的起点和终点
从清净的产房出发
途经无数人生的车站
最终报到的都是阎王殿
不同的生活阅历
相似的人相异的站点
就看你的脚印是否相连
真正有作为的人生
无论多少年轮多少站点
唯一标准是有多少贡献

如果人生是一次赛跑
那么参照物就是耐力和时间
从摇篮嗷嗷待哺
一步步一天天
走到脚步蹒跚的老年
不同的成长环境
除去年幼、年老和休息时间
可以去作为的又有多少年
真正有意义的人生
承前启后和时间赛跑
能给社会留下永恒的纪念

足迹

不曾失去什么
那是生命的里程
不曾得到什么
那是海滩的注定
所有的星星都在天际
所有的悠思都在心里
闪光的是什么
映春的是什么
冬天的冰雪由春天去解冻
海中的浪花只有搏击而成
星星点点，密密麻麻的痕迹
重叠出一长串的脚印
风风雨雨，跌跌碰碰
梦想始才成真

1990 年于北京

属于自己的季节

蓝天，流云
盛夏不是金黄的季节
走出幽僻的古堡
走过冒汗的夏夜
静夜千言万语
皆在脑中忽闪
满腹心事不见
幽梦何时圆
清风，红叶
深秋的远山还是隔水
但不再朦胧
金黄色的秋色
才是
属于自己的季节

1986 年于河南洛阳

路遥遥

踏过
三千六百五十里路
走向
海天茫茫的相思处
带着微笑
带着欢乐
那晚
倾心于你的那一瞬间
就已把生命注定
一片真诚的心
浪迹天涯终有归宿
明天
明天不再独行
三千六百五十里路

1989 年于北京

风在提速

风一再提速
许多心高气傲的事物
和背影，在喧嚣中助跑加盟
漠视而深邃的天空下
隐没了冰冷

卖水果的小男孩
抱着"无农药，无催熟剂"的木牌
很吃力地举过头顶
握住世袭的纯朴，反复解说
向路人展示自己的证词
以及明亮的童心

风继续刮着，雪越来越大
任凭风雪催促的日子
追赶星辰的路人，匆匆来去
一个向往高处的孩子
被敏感多疑的目光
包围，慢慢淹没……

三月的河流

一条穿越冬季的河流
隐去昨日的疼痛和忧伤
挣扎着，脱离冰雪的桎梏
破冰，缓慢地流向远方

一条在雷声中苏醒的河流
流淌着昔日的乡愁和花香
春天的第一朵花，盛开着
虫鱼鸟兽尘间的梦想

三月的河流，自成段落
冰层下面的擂台浮出水面
彼此吹捧慰藉，或踩踏
追逐着，那沾满尘土的心

跌宕的季节，浪迹浮华
柔软了心，挺直的是脊梁
睁开眼，世界尽收眼底
穿过喧哗，流经四月的悲伤

四月的风雨

从三月的浮华中走来
手工制作的鲜花慢慢盛开
在侵染虔诚的空气里
注满潮水般的感慨

从春雨的呢喃中走来
仰望天空中飘动的云彩
潮湿的心，回味伤痛
安抚那沉默的等待

四月的风雨，涌动心事
在这个思念的季节里
重新阅读长满荆棘的足迹
把尘封的记忆撕开

或居庙堂，或处江湖
或隐于闹市，或蜗居山野
片刻失忆，遗忘繁华和喧嚣
躬身，不让凡心长满野草

五月的阳光

旷野，从四月的悲歌中走出
潮湿的世界涌动着渴望
铭记碑前鲜花簇拥的春天
赢得内心孕育的安详

在弥漫悲情的空气里
藏匿着淡淡的忧伤
往返在忠与孝的两个车站
把那颗虔诚的心存放

五月的阳光，平铺着
照亮那些含泪奔跑的背影
刻录每一个匆忙的日子
匍匐前行，拾级而上

眷恋中，背着故乡的满月
和那侵染祖训的麦香
又顺着火车鸣笛的方向
蜿蜒走向远方

赛里木湖，天山深邃的目光

我喜欢你那种深邃
湛蓝、清澈、美丽的寂静
我从遥远的南国聆听
却无法触及你的那份温馨

我喜欢你那种温柔
花香、绿叶、绵延的松林
我穿透云层慢慢靠近
感受到远山的那种柔情

坐看天边的流云飘过
遥远却又似乎很近
曾经策马驰骋的空旷
变成游走在心中的寂静
就把它存放在岁月里
沉淀、发酵，梦里嘶鸣

借用赛里木湖的秋色，点燃远方的冬天

黄昏，赛里木湖的岸边
都塔尔的声音，如此缠绵
穿透了蒙古包的夜色
把萤火虫推向季节的拐点
照亮一片寂静的天空
似乎在守望秋天的预言

清晨，赛里木湖的岸边
朝阳似火，秋风扑面
漫山的枫叶映入湖中
恰似浓烈的火焰
点燃了雪山和蓝色的湖水
点燃了白云和整个秋天

蓝天下，躺在彩云之间
感受到柔软的依恋
此刻，被这个季节捂热
望着远山期待温暖的眼神
我想借用这湖边的秋色
去点燃远方的冬天

注释：

2017 年 8 月 12 日（都塔尔是新疆的一种乐器）。

赛里木湖，叙说天山的传奇

湿润的季风
把大西洋温柔的笑容
捎进这深山里
化作湖水的韵律
拍打着岸边七彩的梦呓

站在赛里木湖的岸边
目光横穿三百里
始终没走出新疆伊犁
停留在丝路的北道之上
群峰环绕的岁月里

山下的篝火燃烧正旺
冬不拉、马头琴
还有那悠扬的羌笛
弹奏天地的和声
透出蒙古包无尽的惬意

天山顶上的月光
静静释放博大的胸怀
去照透蓝色的静谧
用不同的方言
叙说着同一个传奇

还你一个温暖的名字

岁月似乎已经苍老
老得连自己重要的那个节点
只能凝成一个简单的符号
风吹雨打的那些日子
虽失去褪色的自豪
却留下思念和久远的荣耀

霓虹灯下，夜夜笙歌
流连在喧嚣躁动的季节
闪烁的梦想徘徊在高楼
不安的心，沉入江底
对岸犹见商女笑，追星族
有人"直把杭州作汴州"

界河边，迷彩服在丛林中蛰伏
监视岸边徘徊的幽灵
手推车，在沉睡的街道穿行
赶在黎明前，还给城市一片明净
繁华之外的僻静角落
穿梭着，众多无名的脚印

也许，这个节日有些矜持
劳动者，一定会让高山仰止
每一个村庄，每一条街道
每一个海岛，每一座城池
不管是熟悉的还是陌生人
明天，都会还你一个温暖的名字

惊蛰

春雷始鸣，渐回暖意
惊醒万物蛰伏时的沉寂

白天渐长，黑夜变短
遗失的灵魂交还给肉体

春雨绵延，尽染河堤
久违的笑容浸满江河湖泊

把平凡或非凡平和地举起
找回这些年遗失的记忆

大浪淘沙，让海水漂洗
这蓝色之夜，已不再静谧

血是热的，热可以传递

纯粹的山峰
附和着大海的包容
在混浊的空气中
把贪婪和邪恶过滤
沉入江底
在明媚的阳光下
让温暖的河流
尽情流淌

纯真的少年
搀扶着陌生的老人
把斑马线当作琴键
弹出一首歌，
反光镜中的那颗心
跳动在传承的河流上
让扬起的风帆
飘向远方

悬在空中的那面镜子
照透这大地的血管
涌动凝结和潜在的热能
传递到每一条沟渠或河流

圈一片春色，温暖迷惘的冬天

一

雪，从远古降临初冬
覆盖住你的沧桑你的痛
孤独地伫立在霓虹灯下
触摸到灯柱的苍凉

曾想拽住大山质朴的双手
成就山溪单薄的梦想
托起远方的繁华和喧嚣
此刻，却还在城墙边流浪

二

风，洒落在迁徙的路上
漂浮着失落和希望
寒衣穿梭在混浊的季节
难逃故乡那温柔的目光

摇晃地行走在冬日黎明
把伤疤背后的故事留在黑夜
宁静和喧嚣结成的混合体
颤抖中迎向明天的朝阳

三

雨，让小草隐现春的梦呓
唤醒沙漠中沉睡的胡杨
源于灵魂深处的声音
用蓝色的语言诠释忧伤

虽卑微，却一如既往
就用我固执地那份虔诚
圈一片春色温暖你的冬天
伴你走出困惑走出迷惘

大漠，深邃的美丽

没有人会时常想起
大漠，那深邃的美丽
也许会嘲笑历史的沧桑
仅留下干涩的记忆

黄沙飞扬的大漠
让思绪穿越时空
曾记否？驰骋过
汉唐盛世彪悍的铁骑
守望大漠厚重的日子
记录了多少豪杰
掩埋在沙丘下的故事
印满鲜血流过的痕迹
我想用红柳的枝头
去描摹那悲壮的戈壁

我不知道，大漠真实的过往
却能敬重她沧桑的沉寂
一滴水，一点绿
都会备感珍惜
在没有风的季节
装点这敬畏的土地
抚平大漠的伤口
穿透贫瘠

留在草原的心

兰花开满浩瀚的草原
芬芳飘进毡房
我坐在洁白的蒙古包里
思绪在奶茶中膨胀

你在白色覆盖的山峰
向森林深处张望
野兽横行的季节
荆棘刺破了平凡的梦想
迷雾包裹了群山
脚下的路延伸到远方

草原的空旷
给予万物的包容
芳香把心留下
我，就在草原流浪

烟囱在风中迷茫

出身名门，涂满标示的色彩
风雨中展现迷人的身材
高挑的影子透出自豪的感觉
源于包裹着那肆虐的尘埃

曾经耸立云端的梦想
在修长的躯干内反复酝酿
就把自己纷繁的心思
都依附在那远方的山脉
俯瞰充满危机的世界
迷失于自我炮制的雾霾

空洞的心，任由烟熏尘染
弥漫的烟尘和浮萍似的感慨
从黝黑的口中慢慢吐出
连同自己的呐喊声随风而摆
风中的烟囱，迷茫着
烟云无向，遗失了未来

在大雪封山之前

悬挂在山腰的村庄，一条路
肩扛着古典和现代的两个世界
温柔的季风，把山外的繁华
艰难地引渡到山村的心里

羽翼丰满的山鹰，都从这出发
面朝梦中的梧桐，飞向远方
稀疏疲惫的几缕炊烟，坚守着
这山的寂寞和古朴的黑土
满山飘落的红叶，在细数
冬雪的脚步何时会来临

黄昏，盛装的银杏期盼着
赶在冬雪来临之前的路口
没有走出山村思念和牵挂的
山鹰，随风霜把乡愁捎回
镶嵌在悬崖壁上的天空
不再错过一场雪一份牵挂

早到的雪，覆盖住沧桑
盖住山村想倾诉的那张嘴
只好在节日炉火旁沉默
沉默在通往来年春天的路上

站在夜幕下的立交桥上

想读懂这夜的城市
要从认识自己开始
就像高山和大海一样
似乎遥远，却又很近

忠诚与信任
就是这个夜的桥梁
寂寞的夜
已经遗忘在路上
吞噬着这世界
无数蜕变的背影

站在夜的立交桥上
把繁星下的零碎
揉进即将干枯的河流
在风中，把夜抱紧

都市夜归人

——致敬城市美容师

夜幕已经降临
疲惫的街道亮起了灯
顽皮的孩子
带着笑意入了梦

负重赶路的夜归人
匆匆的脚步
平息了城市的躁动
发出穿透寒夜的回声
只有广场的雕塑耸立着
梦想划破夜空的平静
妈妈的牵挂
停留在昏黄的油灯下

抖落身上的风霜
触摸远方的温暖
这寂静的夜，
除了脚步，已经无声

约定，不再俗成

你们喊老板的
一个公文包，一套桌椅
你们喊秘书的
没有公文纸，没有写字笔
赶羊的不是放牧
卖粮的没有种地
天老大地老二
何来那么多第一
虚拟的空间
都在喊亲爱的
其实，没有一个认识
如同身份不明的人
不能再喊同志

放下行囊，捧出一弯月亮

掸去岁月覆盖的风霜

轻轻放回天空

从子夜走到黎明

风远了又变近

雨近了又渐渐变远

秋天走失的树叶

都在寻找根的方向

掠过头顶的云朵

我猜想，那该是来自故乡

6-1 从西藏返回长沙，途经西安留影

6-2 在故乡

6-3 回母校浏阳一中留影

6-4 在浙江绍兴

浏阳河，我的母亲河

壁立千仞，关山万里
山清水秀的千年古城邑
柱峰独秀，倚天而立
杜鹃花开的红土地

一条河，源自大溪小溪
大围山北麓的风，与南坡
娇艳的阳光轻轻地柔和
铸就这片天空的风和日丽
飞流腾空，转而直下
汇聚在城东十里
镶嵌菊花石的河床
流淌浓烈的火焰
点亮寻常巷陌和百姓的心
点燃了生长英雄的土地

一条路，蜿蜒向西
洗药桥，取一副济世良方
大夫第，携一身戊戌六君子
拯救苍生的豪气
那年九月，从文家市出发
手持镰刀斧头的队伍
穿过丛林，爬上雪山
横贯东西，辗转数万里
举起高于珠峰的信仰
烙下一长串永恒的印记

河的两岸生长一种精神
路的两端镌刻一个信念
记忆中，母亲河的那首歌
已经溶于心里，响彻天际
我将昭告天下，只愿你
源远流长，花开四季
致敬，浏阳河畔的古城
致敬，清纯而深情的土地

注释：

浏阳——千年古城、英雄之城。浏阳河——母亲河，源于大溪和小溪。

月下望乡

惜别时的惆怅
就已经注定，岸在风中的朦胧
还有使命和远方

面对天边薄雾背后的霞光
怀乡的路上
天空总有一盏油灯点亮
照在归途
路， 却越走越长

背着满月，仗剑行走
思念就在星光爬满前额的夜晚
悄悄潜回在倾斜的月影里
翻滚、跳动

穿过日月潭的薄雾（组诗）

——纪念诗人余光中先生

左手握住乡愁，右手提起笔
把悲悯的情怀写入土地
孤愤的心，独白苍茫
映照喧嚣的繁华
在苍白的年代透视、解析
那疼痛彻骨的迁徙

抬手是春，落手已到雨季
漂泊的脚步横贯东西
天空中，鸿雁排列成行
江南的流水已成忧伤
夕阳西沉，流浪的你
又踏入归来的轨迹

穿过日月潭流连的薄雾
守望梦中的江南
曾经意气风发的追寻
言词之犀利，朝气之蓬勃
透过沉静的目光
见证一个时代的起伏

左边是激情，右边是火焰
燃烧自己丰腴的心田
乡愁沿着大地的脉络汇聚
注满江南人的胸腔

天空飘着雪，寒冷的天
你烁热的思念，却已冬眠

雾帘背面的乡愁

曾经说好
沐浴西湖，转山城
一路哼着黄河岸边的歌谣

曾经说好
望透黑夜，看黎明
清晨唤醒游子沉默的骄傲

如今啊
最美的我们的母亲的国度
已是朝霞满天

浅浅的海峡
风动，雨过流年
天空，还挂着薄薄的雾帘

乡愁远去，而你
却侧卧，在那幕帘的背面
听着冷雨

风雨周庄（外一首）

—— 诗意周庄

曾经的风雨
许多人迷茫在怀乡的路上

摸着石头过河
把乡愁平铺在水的故乡

春风梳理那流动的风景
动静相容，奏一首春天的歌

小桥流水，蓝天白云
多少人惊艳春秋，化蝶回眸

周庄之春

从远古徐徐走来
一张巨幅水彩画渐渐铺开

红船乌篷在画中行走
双桥下，鸳鸯在寂静中等待

乡愁留在枕着河流的村落
意溢于境，心驰物外

春来水暖，响起吴歌
垂柳吐翠时，又醉了江南

枫桥颂

枫桥如画
传承和发展，互作背景
画中人，千年积淀成了底色

枫桥似诗
留住乡愁的语言
一次次的提炼，加以重叠

远方而来的客人
驻足，品阅丰硕的背影
流传的故事，于春天抵达

就让枫桥的种子
在不同色泽的土地上开花结果
果香，飘逸到远方的明天

示儿书

如果你还没学会游泳
莫戏水，涉足未知的江湖
误入，伺机而出

如果尘间蓄水的堤坝坍塌
禅心之外，基准线陷落
此处，低于江湖

苍穹下，在黎明与子夜之间
打坐，那是星辰的轮回
峰回路转，愿你静好如初

世间类聚之万物
都以山水凡心为隔，记住
自带阳光独善，风雨中放牧

山的脊背云的翅膀

父亲凭借瘦弱的身躯
把山路拉直，面向朝阳
在芬芳的泥土里
寻找连云山的灵魂
用双手烫平岁月的折皱
凸显山的脊梁
化作通往未来的天梯
托举，让我们拾级而上

母亲扯下一片云彩
描摹添色，加注云的守望
在浏阳河的岸边
漂洗天空沧桑的星辰
把油灯下的沉默
编织着飞行的羽衣
铸就山鹰的翅膀
河边，让我们飞向远方

山的脊背云的翅膀
给我一个世界一个向往
春去秋来爱已无声
只在梦呓中呈现背影
思念和疼痛连接着高原
雪夜孤寂的月光
策马驰骋在绿色的梦里
人在路上，心在飞翔

十月，伴随军号声出发
握紧山的承诺和梦想
驮着故乡的满月雨中穿行
一步跨过三十年的风霜
寒来暑往，来去匆匆
回家的路越来越长
就在伫立的哨位，道一声
晚安，久违的故乡

枫叶洒落的乡愁

秋已远，乡愁向着年关疯长
树枝上的最后一片枫叶
被寒风剪落在地上
随风飘动，追赶梦中的故乡

阳光隐退到风的背面
躁动和狂热向地下慢慢萎缩
青松站在道德的高处张望
冬梅迎风，高举着信仰
银装素裹，大地不再裸露
这是最好的季节，一片宁静安详

远处觅食的啼鸟，浅声低唱
街边闲散的人在享受稀薄的阳光
冰封大地，覆盖住山峦沟壑
掩盖了夜以及河流的沧桑
曾经死亡的偶尔又探出头来
这是危险的季节，冰层下的暗流涌动

踏雪而行，每一步都在警惕着
这条路，是否通向辉煌抑或荒凉

晚霞挂在落寞的窗上

题记:

曾经沸腾的山村，剩下几缕稀疏的炊烟在树梢上漫延，无数企盼，蹒跚在落寞的窗前。

夕阳西下，山村几缕稀疏的炊烟
各自向着已近黄昏的天空漫延
与风对视，逐渐稀释变淡
消失在远方的地平线

咳嗽声，从灶台蹒跚到池塘边
撕下一片彩霞，当作暖色的窗帘
把日子包裹，挂上斑驳的土墙
映照在，这薄凉的房间

少女顺墙摸索，习惯地靠近窗前
在落寞的窗台上，挂满依恋
期待游走在城市边缘的脚步
驻足，折返，在窗口重现

那扇窗，是少女珍藏的书签
记录下，阅读岁月的体验
雪季即将来临，倦鸟何时归巢
问流年，又挨到一年的冬天

山溪流过深秋的黄昏

题记：

  山里清纯，山外浑浊。山溪，守望一场雪，覆盖夜色，重塑源头，找回曾经失落的誓言！

   天空的浮云，坠落山巅
   在柔和的绿荫中沉淀
   沿着岩石的脉络汇聚
   慢慢掀开青山的雾帘
   和涌动的山泉一起呐喊
   在春天，昭告出征的宣言

   怀抱群山的倒影
   放下曾经的依恋
   一路洒落，清纯的柔情
   背负山的承诺，流落天边
   把陈旧的孤独深埋
   抛开杂念，一路向前

   流经险滩的那份虔诚
   重拾悬崖边的信仰
   用大山的纯朴去收获
   河床中隆起的眷恋
   卷入两岸的沧桑和尘埃
   与夜色缠绵

流过深秋暗淡的黄昏
尘土躁动，霞光不再安静
山溪守望一场雪，覆盖那
坍塌的大地和疼痛的天
用隐匿的祝福去重塑源头
找回曾经遗落的誓言

蹒跚行走的山村

山村俯身弯下自己的脊梁
驮起传承千百年的梦想
期待远方的繁华和喧嚣声
刺破村庄沉寂多年的祠堂

火车鸣笛穿过山村脊背的时候
立交桥斩断的山路，盘起腿
痛苦而快乐地向心里延伸
被造纸厂浸染过的那条山溪
喘息着流下混浊的眼泪
牵动荷塘上的高楼风中摇晃

雾里山村蹒跚地行走着
行走在明月依稀的夜晚
昭示着存在的炊烟和火塘
静静地燃烧着游子的乡愁
在噪声和雾霾中飘荡
记忆中的火塘安放在何方

新年致辞

叠起旧岁，平静归零
仰脸迎风，轻装而进
举起已经燃烧的信念
摇响穿越沙漠的驼铃
紧紧把住希望之犁
在心的天地默默耕耘
飘洒风雪的日子虽冷
却预示花开的春天临近
冬寒春暖都是人生车站
春风过后不再凋零
但愿每一个小站
给你留下永久的温馨

靖江王府

穿越五百年
已是明代灰色的天
盔甲和长矛铸成的迷茫
就流落在眼前

元明交替，除了君主
万物苍生不曾改变

如今，守门的雄狮犹在
王府却见不到王爷
抖落历史的伤痕
尘封在木龙湖边
墙外，都市繁华喧嚣
墙内，遗宫静谧沉寂
龙爪树在风中诉说
对历史的敬畏和思念

寂寞幽深的庭院
刻满血肉文字的留恋
也许唯有精神能不朽
繁华落尽是云烟

等待是一种伤痛

站在紫色的沙丘上
喘息着蓝天的温馨
我等待着
爬上迷雾中的山顶

坐在黄昏的梧桐下
品味着田园的清静
我期待着
来自远方的声音

在月色朦胧的夜晚
呈现暗淡的背影
干涩的风
熄灭了往日的激情

等待，是一种伤痛
找不到停留的痕迹
流落的心
向远方默默前行

荡山荷

题记：

　　高速发展的现代化进程，被破坏的植被未能及时修复，干旱已成为澜沧江周围地区的巨大灾难！

澜沧江的水泡大了童年
慢慢睁开温暖的双眼
仔细打量着这纷繁的世界
微笑着抱紧高原的眷恋

双脚站立在风中的河谷
抖落满身淤泥冲出水面
守护着不容玷污的圣洁
勇敢地头顶白云上的蓝天

干枯的日子，点亮高原的心
伫立着，让游人阅读千遍
唐古拉山飘来的琴声还在
远古的梦，在断崖边坍塌
照亮河谷的月亮已远走
荡山荷的诉说，流落天边

注释：

　　荡山荷是澜沧江谷地的珍稀植物。

2015 年于云南

青春的萌动

站在连云山顶上
倚石眺望云彩的远方
那是青春的第一次萌动
思绪已把心流放
流落到黄河的岸边
远离喧嚣的伏牛山上

在与青春同行的日子
古都和北方的小城
依靠那陈旧的电话线
连着彼此的思念和梦想

粉红色的信笺里
记录着青春的足迹
未曾谋面的那个北方小城
编织了童话般的渴望
是那咸涩而潮湿的海风
吹碎了含蓄的承诺
漂泊在旅途的心
珍藏下一生的守望

注释:

　　连云山位于湖南浏阳，伏牛山位于河南洛阳，北方小城是
辽宁锦州所辖之县城。

山路流落在梦中

月光、水塔和桂花树
还有池塘中的倒影
蛙鸣、狗吠和炊烟
和着山溪的喘息和梦想
沐浴阳光的温馨乐园
远方的梦，就从这流放

砍柴、挑水，偶尔狩猎
穿梭在林间的小路上
从戎、求学，出外经商
流连在村头的山坳中
山路藏匿着游子的心绪
走出山的沉默，走向远方

离家的日子，走在油路上
梦里缠绵久违的故乡
如今山路悬浮在彩云中
那一端，剩下流落的诗行

风雨独秀峰

目睹四湖的笑脸
见证两江的缠绵
在风雨中伫立
记录下你对八桂的眷恋

诸峰在野
唯你独秀而眠
阅尽万里河山的壮丽
俯瞰世间沧桑之巨变
忽略妒忌的蜚声
承接真诚的钦羡

任凭风雨雷电
岿然耸立于天

注释：

　　独秀峰位于桂林；四湖：桂湖、榕湖、杉湖和木龙湖；两江：漓江和桃花江；八桂：广西之雅称。

2016 年于桂林

流浪

祖先的森林已近消亡
传承的生活没有了屏障
穿过潮起潮落的人海
独自在陌生的平原流浪

在城市拥挤的街道上
流落了欢乐和悲伤
经过粉饰描摹的公园
没有林海，那不是家乡

在吠声划破长空的夜晚
探寻曾经来时的路
遥寄祝福的那弯明月
照亮了久违的故乡

漂泊的孩子呀
山林才是洒满幸福的天堂

北方的狼

在戈壁边缘的草原上
深情地，守护日出日落的沙地
在雪域高原的森林中
爬冰卧雪，等待勃发的时机
逐渐消融的那片故土啊
迫使着，狼群随季风南移

那是一匹来自北方的狼
奔跑在异乡狂野的土地上
彷徨中，脚下的路
蜿蜒伸向灌木丛中
风干昨日的记忆
却迷失在窒息的空气里
怀念清新而凄凉的北风
多少次，又梦回雪域大地

漆黑而潮湿的夜晚
翘首明天的太阳升起

温暖的守望

在世界迷惘的日子
我把善良种下
种在已近荒芜的草原上
让大地变成生命的底色
春暖花开的时候
长满善良的草原
将是一道风景，一个风向

在雪山流泪的季节
我把心留下
留在浑浊潮湿的空气中
驿动的心，荡涤尘埃
让太阳折射的光
抚慰那明媚的天空
也是一种温暖，一个守望

遥远的距离

对面的那扇窗
我很熟悉
每天规律性的关闭
又准时开启
就算是春暖花开晴空万里
也看不清窗内的秘密

对门的那副眼镜
我有记忆
每天机械地踱步
不时倚门而立
就算偶尔相遇擦肩而过
也留不下交汇的痕迹

楼与楼相邻，隔窗而望
窗与窗相近，触不可及
心都在平行线上
这就是最遥远的距离

远山的沉默

满山红叶，袅袅炊烟
老人、孩子和狗
陪伴着画笔之下的黄昏
在山村丰腴而美丽的日子
点亮了无数人的遐想和向往

沉默的山路，伸展远方
喧哗中早起的城市
惊醒了开垦生活的梦
高楼下，流连诱惑的游子
是否还记得温暖的守候
和山村的沉思

窗前翻看照片的老人

山坡上那间瓦房，开着窗
面向唯一出村的山路
窗前，蜷缩在藤椅上的老人
习惯地抬头，望着白云飘过的路口

泛黄的相册，和桌上的放大镜
成为生活，舞动着颤抖的手
祈祷梦呓中那坚定的眼神
为长眠在老山的孩子梦中守候

时而翻阅，时而眺望山下村头
她知道，昏花的眼睛模糊了轮廓
苍老的思念，拉长了旅途的路
放大记忆，品味眷恋的孤独

在相册和放大镜之间
拉近孩子回家的路

短诗三首

思

黑夜有太阳在草原奔驰
骏马用蹄子在沉思
地球已静止

亮

酒在干涩的空气中自酿
雪地在疯长着红高粱
天不会再亮

忘

铜钱在细数那些颤抖的手指
手指在吞噬着可怜的杯子
你却忘了姓氏

卑微的沉思

透过双眼的茫然
露出模糊中的隐秘
睡衣在大街上嬉笑着
追逐换上新装的那条藏獒
彩色长发炫耀着迷你裙
在豪华的酒店门前溜达
迷茫的眼神透着渴望
也许在寻找自己失落的从前

穿过斑马线，洗车场里
比基尼在蹂躏着奔驰宝马
戏弄着行人诚实的眼睛
和这城市的脸
喘息的三轮车来回踱步
拾起纸屑、空瓶和城市的伤感
让车厢装满卑微的希望
驶往空旷，驶向天边

阳光下，坐在窗口沉思
站上古老的天桥窥探明天
验证高楼堆满的笑容
是否去重写这城市的预言

悲之源

题记:
　　人之初，性本善。性相近，习相远。

　　　　颠覆祖先诚信的历史
　　　　前天有昨天有，今天明天还有
　　　　唯独那装纯的金银铜铁
　　　　它把童年贴在奸佞的脸上
　　　　把青春藏在贪婪的心口
　　　　让每次偷奸耍滑的经历溜进日记
　　　　让每个擦肩而过的故事刻在额头

　　　　忘却自己来时的山路
　　　　祖辈没有父辈没有，哥哥姐姐没有
　　　　可你遗失在出发的路上
　　　　把狂妄挂在平庸的胸前
　　　　把善良抛在远方的山沟
　　　　把不学无术当作无耻的资本
　　　　让放荡不羁作为超前的享受

　　　　悲从何来，哀向何处
　　　　我想从他们的启蒙日，从学校
　　　　从社会的根，从灵魂的深处
　　　　去寻找，寻找悲的源头

高原，充满无私的爱

霞光洗涤世间的尘埃
雪山萦绕着远方的天籁
风雨中一步一叩首
就为那份虔诚的朝拜

在上苍赐予的雪域高原
人们传递着一种忘我的方式
转经筒，祈祷世间太平
磕长头，度众生出苦海
没有多余的欲望
去祈求自己升官发财

心，没有杂念羁绊
人，向善忘我
这就是圣洁的高原
充满无私的爱

路口，徘徊的那双脚

简单的你渴望收获
你会快乐着
复杂的你携带欲望
你会痛苦着

坦荡着你的简单
其实很难
纠结着你的复杂
又那么迷茫

在简单和复杂的路口
沾满尘埃的脚徘徊着

黄河岸边的传说

天空北漂的云朵
卷走了岁月的蹉跎
渐渐远去
只留下，一个苦涩的传说

我在黄河岸边想你
笑看天边云卷和云舒
彩云之下
沧海桑田，潮起又潮落

我在黄河岸边等你
刻满年轮的帆船往返穿梭
写在日历上的行期
在风雨中错过

那首没有填词的歌
叙述着一个无言的传说

风中飘动红叶的思念

寒风舞动红叶的灵魂
霜染着绵延的山峦
红叶储藏那风干的记忆
爱与痛在心中沉淀
她用自己的方式展示生命
舒展飘零的壮观

心恋着那份骄纵的柔情
就在秋雾中尽情飘洒
细心地探寻来时的山路
铺成满地红色的绸缎

没有留下痕迹的思念
与根相连不断
饮尽寒秋的沧桑
渴望夏日那绵长的温暖

月夜，我仰视那棵银杏树

那年，在银杏树下的月影里
我把妈妈的叮咛装满行囊
带着不甘沦落的追求
在秋阳下把青春流放

唱着父辈熟悉的情歌
就沿着山路踏上征途
和煦的阳光照透了我的心思
让我细心地擦拭着每个日子
随着候鸟不断迁徙
那充满诗意的脚步流落远方

如今，又是秋色月夜
却没有了银杏树下的怜惜
我走在睡眼迷离的山村路上
叙述着醉汉般的迷茫

明月之下，仰视那棵银杏
隐涌着绵长的忧伤
远离高处的喧闹回到平凡
我盘点昨天走过的足迹
曾经的那份豪情和心的炽热
感叹着，压平了夜的惆怅

细数脚印吟成长诗
遥寄温暖的远方

影子

城市穿着晚霞的衣裳
我和影子同在街道上
我知道，潮湿的青春枯了
只有影子依附在身旁

我呼吸着春天的气息
影子喘息着淡淡的忧伤

错落有致的街旁路灯
依次向后斜移
彷徨的星星轻轻说
站直啰，不要忧伤
有影子，后面必定有光
有光，就会有希望

风的背叛

风雨在山村邂逅
相约一起走
在最温暖的时刻
风把雨的思念吸收

多情的雨
把泛黄的泥土浸透
从春天到秋季
守望着田园的丰收

流浪的风
肆虐地奔走
从子夜到黎明
一刻也没有停留

风在嘶吼着
把美丽和真诚卷走
雨渐渐滴着
把善良和温馨收留

落叶的情怀

青春旋律为花而谱
岁月年轮被硕果颠覆
在时光的乐谱上
刻满了落叶的音符

秋天走近的河边
聆听到风霜的脚步
脸上的皱纹记下沧桑
秋风如刀
剪下无数的红叶
飘零是风赐予的归宿

寻根的路
在寒风中漂浮
等待和煦的阳光
让大地复苏
去点亮心中的圣火
照亮游子的归途

旅途

远方呼唤的清晨
我告别了山村小镇
流浪的脚步
陷落在遥远的旅程

在荆棘密布的路上
穿过冬天的寒冷
负重艰难攀登
却留下满身伤痕

风雨来袭的时候
耳旁又响起喧闹的杂音
我与真诚和英雄为伍
伴有虚伪和奸佞通行

借用道路的双实线
将行人区分

童年梦

往事，悠悠
岁月，悠悠
不知何时
又踏上童年的路
走出妈妈的臂弯
走向故乡的浏河

七彩的梦
残缺的梦
现实的梦
幻想的梦
全在记忆中倾诉

雄心犹在
壮志未酬
梦也悠悠
路也悠悠

1984 年于长沙

浪迹天涯

过去的事情不再重复
可脑海时常回顾
风雨中
走出慈母的怀抱
挥泪离别那片深情的故土
为那远处的信念
用代价做出选择，这才
踏上绿色旅途
从浏阳河畔走向中原
走向南疆那片焦土
苦涩的硝烟，熏染岁月的年轮
从此重返大学春秋
翻山越水浪迹天涯
走进历史的古都

来去匆匆，风风雨雨
出入孑然，酸酸楚楚
送走数不清的叹息和失意
凝聚着方格的情愫
时光和道路从不重复
只有母亲的嘱托依旧
问山河明月
问沉寂的故土
谁说寸草难映春
成功，失败，欢乐，悲哀
都留在那条无名的小路间

1990 年于北京

漂泊

历尽相思和眷恋的漂泊
流出一串银色的诗行
七色的记忆里
收藏下永恒的梦想
依然潮湿的青春
跋涉出一丝淡淡的忧伤
远处，一个庄严的等待
什么是年年岁岁
什么是迷迷惘惘
最繁华也许最悲凉
一切愉悦和期待
全洋溢在街旁的灯光里

闯过南方和北方的凋零
走出来路的艰辛
岁月河流里
漂不走的是古老的乡音
凝聚倔强灵魂的土地
酝酿的是母亲的慈情
往日
一棵南方的含羞草
不惧秋风
点缀大地的绿荫
最微小的也许最伟大
把生活的苦涩
注进淡淡的柔情

让所有的磨难都来吧
南方游子笑脸相迎

1992年元旦于北京

远方的家

曾经的近，已成为远方的回音
马蹄踏碎的记忆，只在梦里
编织着，熟悉的雨帘
雨夜，伤感先于我抵达
生我养我的远方的家
站在季节交换的路口
偶尔触摸那扇门
畅饮故乡的风
坠落在肩头的鸟鸣
成为追寻的声音
凝视着，那个山村小站
刻满往复的记忆
又浮现眼前
我细心，阅读父亲
既想表达又不知所措的神情
重复着：记得写信
那一刻，我似乎看到
多年之后，自己的背影……

短暂失忆

夜已深，酒过三巡
摇摇晃晃，我的眼前
出现的都是重影

五味过后，还在推杯换盏
各自用方言，诠释
正位，或错位的人生

有伤感，有豪情
隐隐约约，敬我酒的
和我敬过酒的，都走了

次日清晨，酒醒后
失忆，好像什么也没有发生
可我清楚地记得，昨晚
送我回家的那个人

感恩岁月

仰着脸，凝视岁月的沉淀
每一步，都怀揣春天
站在秋夜的风中
留有草原，无垠的空旷
足可以包容
融入山河的足迹
包裹着柔软
弥漫花香
许多日子已经沦陷
藏在夹缝里
军功章布满锈迹
万水千山，徘徊在眼前
晨光轻柔，未曾抵达
在风摇曳的深处
标注着，断层的刻度
每一个温暖的日子
让脚步，反复淬火
在雨燕依附的柳岸徘徊
在海边等待
转身抵挡寒风的谎言
一种声音，点亮秋天
长出坚定的目光
穿越风雨的那种眷恋
就是山川的绵延

2020 年于广东

行走荒原

策马而来，守望血的澎湃
与一场雪深情告白
诺言在，楠竹已经虚怀
风中摇曳的寒梅
静静地，在苍白中盛开

环顾四周，许多燃烧的悲壮
被夜幕中的风雪掩埋
陈旧的马鞍，剑和盔甲
让人包裹，放置转弯的角落
昨夜的驼铃声，还在
救赎脚下的沙漠

错过，春雨和夏荷的绚烂
行走在冰雪覆盖的荒原
胡杨把树叶交还土地
马把自己交还草原
夜色加深，提一盏灯
聆听马的嘶鸣
穿越那呜咽的风

薄雾背面的善良

在旅途，漫山薄雾
没有人告诉我，香水有毒
在江湖，柳岸掩映的
那条小路，驻足
仰望怀揣春天的雕塑

转弯处，辨不清风的方向
摆满香烟的那条弄堂
已把岁月静静分行
我看见骷髅的广告和
薄雾背面的善良

站在黑色的柏油路
每一步，都是一条河
路径幽深，繁星点点
我想把月下的余光
折射给你
我想把熟知的事物
嵌入音符，告诉每一缕风
每一场雨，告诉每一个
我认识或不认识的人
沉入湖底的那些石头
漂向山中的迷雾
和香烟一样，有毒

雨燕（外一首）

风雨依旧，眷恋岸边柳。
隔江之水向东流，
雨燕云中等候。
夕阳飞絮无处问，
望断油灯火魂。
风中呢喃憔悴，
岁月刻满雕痕。

楚汉之争

楚汉之争，乌江自刎，
枭雄惜败今何闻？
只见汉界痕，楚河深。
慈将奸臣难比狠。
自古忠奸难辨认，
赢，都入了坟；
输，都入了坟。

摆地摊去

在这个风雨交加的夏天
地摊，又回到眼前
你们所说的路边摊档
是无数人的生计
所谓生活
无非是一碗人间烟火
你的三月、四月和五月
是否错过
六月，我们出发
六月，摆地摊去
把城市的灵魂找回来
摆在巷口
摆上城市的脸
别等待，也许呀
也许是另外一种贡献

2020 年于东莞

时针指向五月

转动的时针，指向五月
这是心中最好的季节
葱郁的大地，生机盎然
明媚的阳光普照在
梦的山峦和希望的田野

转动的时针，指向五月
这是值得警惕的季节
虫鱼鸟兽的躁动
起风，蝼蚁在江堤下
筑起纵横的巢穴

昨夜，风中的桃花已谢
嫩果挂满枝头
人间四月的芳菲远去
河岸，随风舞动的垂柳
传递春天的回声

明月之下，月影在敲窗
我却难以入梦
背靠山峦和灯塔
抱紧一团橘红的火焰
抚摸这安详的夜

把脚印留给大地

请别指手画脚
前方的路，不需要引领
请别低头哈腰
阳光下的影子，不需要追随
如果将，能有必死之心
士，绝无贪生之念
如果海，真能容纳百川
小溪，将会奔流不息
雄鹰划破的天空
未必留痕
驼铃响过的沙漠
未必留声
头顶上的云彩
飘过来又飘过去
在这片土地上留下的
只有背影
把脚印留给大地
把眷恋留在心里
每天擦拭内心的柔软
让每一份赞美
让每一份宁静
留给，留给至亲

萱草花开了（外一首）

——纪念母亲

远方的山，已经朦胧
把岁月塞满行囊
我不是旅客，却在旅途
聆听风的絮语
在雨中前行
脚步，越来越重

萱草花开了
天空更加空荡
我捧着花，往返踱步
却无处相送

今夜，我想梦见母亲

风裹着雨
雨，滴落在黄昏
划破了夜幕的寂静
穿透骨缝的眷恋
挂在星空
追逐远去的背影

倚着窗，坐看浮云
岁月的莽原
隐约重现寒风中的脚印
香烟点燃的思念
在影子之间

随着夜色慢慢升腾

每到这个日子
就有一块石头，砸在
蜷缩于街边的心
望着家的方向
我不与夜幕交流
不想夜幕，也不想黎明
今夜，只想梦见母亲

乡 愁

倚靠哨所的斜阳
起伏的心事
与落叶的碎影
哨所停留在起程时的记忆中
在高处，沐浴风
守候那河流的弯道
平静地眺望
夕阳之下
泛起的烟波和麦浪

2006 年于广东

仰望星空

也许花开，有人不经意
也许雾散，有人转身别离
沧桑成为沧桑
蒙眬不应该再蒙眬
看似遥远，其实很近
一条金线连接
山川河流，千家万户
以一颗诚心，贴近
多情的土地
所有的语言显得苍白
所有的声音似乎有些空洞
唯有仰望星空
守望明天太阳的升起

以一朵花的朴素守望春天

风从海面吹过来
花在风中慢慢盛开
胸口跃出的誓言
以及点亮的灯
没有辜负这个季节
风在空中
云在天上
一切又都在水里
成为倒影
以一朵花的朴素
守望春天

春风啊，请你给远方报个平安

春天到来之前
带刺的寒风
吹皱了季节的脸
在出征的时候
重复昔日的誓言

红色的旗帜上
再一次签上自己的名字
一个庄重的承诺
一种特殊的告别
拥抱山河和大地的祝福
去为无数父亲的儿子
儿子的父亲
迎接春天

春天已经临近
风啊，请你给远方
给关心我的人
给我关心的人
给高山、给平原
给这片沧桑的、深情的大地
报个平安
穿透风，穿越星辰
待到春暖花开时
我们再见

樱花成海

满山的樱花成海
树下的游人成海
每一朵樱花的梦想
看到树下的笑脸
每一个游人的梦想
看到樱花的盛开

此刻，思绪停顿
此刻，脚印重叠
就算陌生人
也不惊醒你的梦
静静地等待
让每一朵花都能开完
让每一颗心都更敞亮
花开四季，温馨成海

连云山的旁白

见或者不见
都会耸立，与彩云相连
直面袭击的风雨
峰顶有枫，枫动峰不动
远离江湖，却有高度

问或者不问
都在风中，与蓝天比肩
折射复杂的目光
宁静，拥抱万物于怀中
拒冰霜于外埠，凸显温度

大禹的拴船桩还在
孙思邈的炼药台还在
顺着女娲的足迹
补天台、玉皇殿
还有金顺山的四十八庵

数千年的风雨洗礼
洗不掉历史的痕迹
有泰山之雄，华山之险
有桂林之秀，却没黄山之变
沧海桑田，见或者不见

节日符号

一年四季
都讲究忠诚和孝义
把每一个值得纪念的日子
定义为双亲节
其实不为过
并非挂在嘴边炒作
更应刻在心里

每一个民族
都有自己的特性
在慢慢形成的过程中
都有自己的符号
不去盲目跟风
不为无根的浮萍呐喊摇旗

那些想玩玩洋玩意的
那些想被洋玩意玩玩的
不在此列
也不必非议

时间画卷

这一刻，又是朝霞满天
随着时光的倒转
似乎又回到童年
这一刻，微风吹拂垂柳
思绪随风摇曳
蝉鸣连绵，蛙声一片

站在珠江岸边
仰视天空翻转的云朵
俯瞰水中移动的倒影
恰似逝去的流年

这一刻，弓箭挂在墙上
春耕夏耘、铸剑为犁
在空灵的蝉鸣背后
用梦想复制自己
这一刻，风与风相拥
雨和雨交谈
我缄默不语
不惧风雨，让花开着

这一刻，抱紧斑驳的石头
不让它坠落或疼痛
让它的伤痕闪着釉光
让拾获之人怀想

这一刻，让思绪凝固
什么也不做
静静地，站在江边
让风，拍打着脸

志愿者的春秋

从纯情时代走来
目睹过血染的风采
把"人人为我，我为人人"
始终，穿越时空
透过喧嚣的时代
一腔热血
浇注十二个春秋
那颗初心，还在
无愧十里春风
无愧万里征途
再见，广东志协
此刻，我在子夜和黎明之间
打坐，静静地看着
庭前的花落花开

背着月亮，行走在春天的路上

作为军人，我们这一代是幸运的，最后一批穿上65式军装，承载的是历史的记忆，也铭记前辈艰苦朴素的传统和历程，我们可以细细体悟前辈们那经过艰辛岁月积淀的荣光和梦想。于我而言，从65式到沿用至今的2007式，经过四次换装，每一次换装，我都会轻抚那些带着时间质感和温度的旧军装，内心充满着眷恋，可以从服装的变化，折射出时代变迁和祖国进步的光芒。

我们这一代军人也是自豪的，在西南边陲硝烟弥漫，炮声正浓的时刻穿上军装，当祖国召唤的时候，接过前辈手中的枪，沿着军旗的方向一直向前，肩负起自己的使命和担当！涌现出无数可歌可泣的感人故事和英雄人物，个人命运与祖国安危紧紧相连，在英雄的方阵里，每一个清晰可见的足迹都是荣光。

作为维和军人，我们这一代又是光荣的，祖国的需要就是我们的方向，在每一个特殊时期，每一个特殊事件中从未缺席，能够勇敢地站起来，自觉地接受祖国的嘱托，远赴异国他乡，参与联合国的维和行动。我们在血火洗礼、生死考验中，怀揣忠诚之心，肩负使命重托，出色地完成各项艰险的任务。

人生有很多的偶然性，那年，在部队当兵的大哥回家探亲，带回了一本军旅诗歌集，我随手翻了翻，很是喜欢，也是在那时，诗歌便在我年少的心里播下了种子。

多年后，我也成为一名军人，27年的军旅生活，我经历了许多艰辛和磨砺，目睹了那些舍身忘我冲锋，前赴后继的背影……有的战友英勇倒下了，他们把血染的脚印深深地镶嵌在了祖国壮美的河山里。

可"我"还清醒地站着，每次深情回望那些生命中的独特旅程，那一个个坚毅的脸孔，都好像是我诗歌里的某个符号，他们每一次奋勇冲锋，都会有回响的足音。因此，不知从什么时候起，我的内心有一种被点燃的感觉，或是疼痛，或是灿烂，决定背负起一个特殊的使命，匍匐着，贴近这片深情的土地，去收集那些温暖而闪光的脚印。

《镶嵌在河山的脚印》共收录我自 1984 年创作至今的近三百首作品，时间跨度长达 36 年之久。这部诗集，与我上一部《遥远的守望》有很大的区别，不再以特定时期、特定人物为背景，而是突出了军人捍卫和平、警察守护平安的主题。"界碑""胡杨树""月亮""花""云朵"和"脚印"等作为意象，时常出现在诗篇中，以此抒发我内心深处的疼痛、思考、呐喊与快乐、执着和自豪。

蓦然回望，浏阳河畔的故乡，那个 17 岁的少年，风一程，雨一程，斗转星移，曾经岁月青葱，如今已是两鬓挂满风霜。转业到地方工作的这些年，诗歌也一直相依相伴。或许，诗歌已经融入我的血液，我早已把它当成一种习惯、一种修为、一种崇尚。

听闻我的诗集要出版，著名军旅作家峭岩老师欣然题词，扬克、赵琼、胡磊、袁瑰秋、谢松良等师友也给予了肯定和支持，陈木同学设计插图，在此一并表示感谢。

我也始终坚信，诗歌可以托起自己的灵魂，抵达心中的向往。曾经翻山越岭，不是去观看风景，而是把根植于这片土地的忠诚，注满岁月，用双脚丈量河山，背着月亮，行走在春天的路上。

2021 年 2 月 东莞